KB043161

박덕은 시선집 100선

박덕은 시선집 100선

1판 1쇄 : 인쇄 2024년 04월 04일
1판 1쇄 : 발행 2024년 04월 08일

지은이 : 박덕은
펴낸이 : 서동영
펴낸곳 : 서영출판사

출판등록 : 2010년 11월 26일 제 (25100-2010-000011호)
주소 : 서울특별시 마포구 월드컵로 31길 62
전화 : 02-338-0117 팩스 : 02-338-7160
이메일 : sdy5608@hanmail.net

그 림 : 박덕은
디자인 : 고은아

ⓒ2024박덕은 seo young printed in seoul korea
ISBN
ISBN

박덕은 시선집 100선

박덕은 28시집

2024 · 서영

작가의 말

[도서출판 서영]으로부터
박덕은 제28시집 제목을
[박덕은 시선집 100선]으로
하기로 했다고 연락이 왔다.
박덕은 시들 중에서
시낭송 하기에 좋은 시들만 선발하였고,
이 시들이
이번 "제1회 박덕은 전국 시낭송 대회"에
애송될 거라고 했다.
행복하기도 하고, 부끄럽기도 하다.
부디 이 시들이
독자들과 시낭송인들에게
꾸준히 사랑받게 되길 바랄 뿐이다.
이 시간, 전북 순창 강천사 뒤에 세워진
[박덕은 미술관]에 전시되고 있는
박덕은 서양화 600여 점도 함께
시낭송 대회에 성원을 보낸다.

 - 시인 박덕은

(한실문예창작 지도 교수, 문학평론가, 문학박사, 전 전남대학교 교수, 동화작가)

차례

■ 박덕은 시선집 100선

박덕은 시선집 100선

1. 동백꽃

고래가
숨을 곳 찾다가 붉게 뛰어든다
저녁이 덮치기 전에
전설의 경계를 밟고서

서러운 작살에 울부짖음 번지면
포경꾼들은
뼈와 살이 눈물처럼 흩어지는
바다의 어린 기억을 잡아 낚아챈다

동백의 개화로
죽은 숨결이 다시 열린다는 설만
수평선에 걸쳐 둔 채

고래는 섬의 목탁 소리 물고
엉켜 있는 천리 길 풀면서
주먹이 판치는 폭풍 속으로 내던져질 때마다
찢긴 지느러미와 뿌연 연기의
벽만 높인다

바닥에 엎질러진 울음에도
단단한 저항의 힘으로 일어서며
치솟는 향기,
이제는 절 앞마당에서
고요히 가부좌 틀고 있다

제 숨 밀어 넣어 아린 무늬 키우는 고래,
열병 앓듯 온몸 펄펄 끓다가
쏘아붙인 상흔들 가라앉히며
화엄으로 피어난다.

– 한국 문예 문학상 대상 수상작

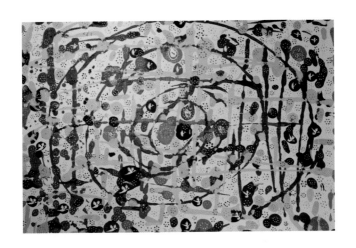

2. 행운목

아버지는
일 년 계약직 접시 물에서
일한다

얄팍한 물빛에
악착같이 뿌리내려 보지만
새소리 하나 깃들지 못한다

토막 토막 잘려나가
초록 영업 실적의
성실한 잎을 내면
잘릴 때가 다가온다

정 붙일 만하면
쫓겨나는 것이 인생이고
잘려야 다음 접시로 넘어가
일할 수 있다

그나마 살아 있어

취업하는 것이
행운이다

칠 년을 기다리면 핀다는
내 집 마련 같은 꽃
그 약속을 실행하기* 위해
모두가 퇴근한 사무실에서
혼자 야근한다.

*약속을 실행한다:행운목 꽃말

– 한국 문예 문학상 대상 수상작

3. 푸드코트*

육질이 살아 있는 옷감으로
친환경 코트를 만든다

원단이 싱싱해 색상과 무늬가
추위 막기에는 제격이다
마름질하기 위해 가위는
장바구니 가득한
고기류와 채소를 씻어 자른다

두툼한 안감의 팔딱이는 생선 비린내는
밑실로 감아 숨기고
하얀색 바탕에 붉은 꽃 새긴
꽃등심으로 깃 세운
그 끝에 버섯을 이어 붙여
가늘게 채 썬 양파로
매운 향 솔기 만들 때까지
노루발*은
수없이 어루만지고 핥으며 밤 지샌다

패션계에도 웰빙 바람이 불어와
건강 지키는 유기농 의류가 대세

디자인이 유행에 뒤처지면
과감히 벗어 식탁 위에 올려놓고
젓가락이 닿자마자
코트는 보글보글 끓어오르며
보풀 일어난 매운탕이 된다

잘라낸 매듭 한입 가득 뜨는 사람들
박음질 맛이 매콤하다며 땀을 흘린다.

*푸드코트: 건물 내에 여러 종류의 식당이 모여 있는 곳
*노루발: 재봉틀의 부속품, 옷감을 밀리지 않게 눌러 준다.

- 김해일보 시민문예 남명문학상 수상작

17

4. 수목장

장지의 사람들이
나무 밑에 그를 묻는다

자연친화적인 여관에
숙박계를 대신 적어내자
나무뿌리 끝방은
입실한 생전의 기억으로 만들어진다

죽음 예언하듯 청춘을 탕진했던
봄 무늬 생생한 벽지를 바르고
뜨거운 연애로 장판 깔고 기둥 세운다

미래에 가 닿으려는 듯
그의 처소에 꽃을 올려놓는다
죽음만이 미래를 완성하기에
산다는 것은 언제나
경계를 아슬아슬하게 걷는 일

언젠가는 가뭇없이 흙의 몸 입고

이곳으로 오지만
오늘
입실 대기 중인 사람들은
울음으로 한계를 넘어간다

구석진 방에서 흙이불 덮고 누워 있을
그를 대신해서 숙박계에
유서 쓰듯 적는다
'참 따스한 사람'

출입문 열고 나오니
가벼이 숨결 내려놓듯 낙엽은 지고
마음 다급한 바람이 곁을 맴돈다

이따금 비고란에 눈물체로 글을 쓰는
추억들이 다녀가면
썰렁했던 그의 방은 차츰 온기가 돈다.

- 새한일보 신춘문예 최우수상 수상작

5. 금오도

수천 년 철썩철썩
스스로를 채찍질하며
묵언 수행한 섬은
종교다

최초의 말씀이
뻘밭의 간기 머금은 등고선 사이로
촘촘히 박혀 있어
믿는 자들은 누구나
엄숙히 허리 굽혀
우비적우비적 캐야 한다

점자책 같은 자갈밭길 더듬거리며
교리를 이해하려는 추종자들이
뭍의 소란함 뒤로하고 이곳으로 모여든다
포교는
늘 일탈을 꿈꾸는 표정들로 퍼져 나간다

꼬박꼬박 하루에 두 번

살그랑살그랑 붉어지는 물마루도
여기서는 특별한 경전이 된다

제멋대로 자라난 울음도
가벼이 잦아들 수 있다는 듯
너럭바위는
뜨겁고 차가운 발바닥을 위로 향하고
가부좌로 앉아 있다

갈바람통 전망대 앞바다에서
상괭이*들은 짐짓 설파하듯
살아서도 죽어서도 똑같다는 미소를 지으며
치솟는다

아슬아슬한 나날로 애달팠던 웅웅거림들이
뭉텅뭉텅 사라지고
섬처럼 맑아져 가는 사람들
일필휘지로 써 내려간 비렁길 그 어디쯤에서
바람이 거룩한 문서 같은 갯내음을 넘기자
갈매기들은 오래 읽어 환한 성스러움 한 구절씩 물고
해안선 따라 날아오른다.

*상괭이: 우리나라의 토종 돌고래

– 여수해양문학상 수상작

21

6. 항공 여행

여행 책자에서 가르랑거리던 음절이
한순간 등받이로 몰리는 추억에 휘말려든다
비스듬히 쏠리는 오후 여섯 시의 기울기에서
남루한 어휘들이 빠져나가
하늘 강가에 뭉텅이째 떨어진다

별빛은
가느다란 수초 사이로 파문 일으키지만
저녁은 말이 없다
시트에 목베개를 고정시켜 준 당신처럼
책 날개 같은 하늘이 마냥 좋다
가만히 귀 대어 보면
쿵쿵 가슴 뛰는 둥근 창,
아직도 그 파닥거림을 기억하나

기내식의 두근거림을 먹다가
눈동자 속에서 바라보았던 노을이
반짝이는 낱말들을 팽팽히 잡아당기며
휘파람 분다

무수한 책갈피의 입술들이
허밍으로 따라하며 깔깔거린다

흐릿한 바람이
손등에 얹혀져 있던 노래 물고 날아간다
불안한 발이 머무는 좌석의 무릎 공간은
점점 좁아져 자간마저 사라진다
향기 잃은 박자는 행간을 넘다가
차가운 여울물에 닿아 파르스름히 몸 떨고
어긋난 음표는 기슭으로 자꾸 떠밀려 간다

창문 가림막을 올리니
쓰디쓴 고음 한 문장의 폭우가 그치고 맑다
이젠 더이상 궁금하지 않은 마지막 페이지

어순에 맞게 엔진은 힘차게 돌며
흰구름 건너 공항으로 향한다
여명 자락에 슬쩍 끼워 두웠던
풍경이 흘러나와 지평선이 새붉다
저항은 늘 있지만
짙푸른 대지에 사뿐히 내려앉는
비행기의 발목이 눈부시게 따스하다.

- 항공문학상 수상작

7. 관심

당신의 아침을
호수 위에 펼친다

별빛이 머물다 간 자리에
어제의 채도 껴입은 초록을
물그림자로 띄운다

따스한 꽃잎 한 장으로도
물의 심장은
둥근 지문으로 쿵쿵 뛰는데

밤낮없이 비를 긋는
당신은 바깥쪽이 젖고
나의 마음은 늘 안쪽이 젖는다

파문 이는 동그라미의 안과 밖
그 사이 어디쯤에
새소리 푸르게 출렁이는데

몸을 꺾는 겨울 속으로
서둘러 가는 당신의 뒷모습,
물이랑의 간격은 좁아져 날카롭다

이제
한 번 더 격랑을 가로질러
고요에 다다라야 한다

오늘도 호수는
당신의 깊은 묵상으로
평온에 가 닿는다.

- 밀양아리랑 백일장 장원 수상작

8. 여수 수산시장

밤의 더께가
구물구물 벗겨지기 시작하면
정적에 든 계명성城*이 불을 켠다

온몸에 줄기가 생겨
땅속과 땅 위로 뻗어나가는
갯메꽃의 유전자를 가진 상인들

갯내음 신은 발걸음이
잠이 덜 깬 성문을 열자 길이 생긴다
그 길이 가장자리로 퍼져갈수록
해풍 버무린 언어들이 돌아온다

파랑파랑한 숨결들이 발돋움하며
목 길게 빼 동튼 풍경을 내걸자
수평선보다 더 눈부신 시간이
암팡지게 눈뜬다

하루도 거르지 않고

파도 소리를 성곽에 쌓으면
뭍의 중심에서 사철 바다가 선다

시장의 초입부터 수많은 표정들이
갈매기 떼처럼 설레는 폭발음 품고
스며드는 장터는
온통 붕붕거리는 갯메꽃밭이다

울긋불긋
탄탄하게 사그락거리는 비릿한 것들이
좌판대의 이마에서 안팎으로 번득이며
마수걸이 손님처럼
두근거리는 색채 풀어놓느라 달막달막하다

소란스러움이 침묵을 앞지르고
과장된 입놀림이 심장을 벌떡거리게 하자
흥정이 신바람으로 일어선다

난만하게 피고지는 북적거림,
그 틈새에서
타닥타닥 튀는 활어들의 혈색이 좋다

상인들의 너스레가
경쾌한 손놀림으로 타전되며
시끌벅적한 둥근 가슴들이 신명나게 무르익으면
장바구니 넘치도록 오밀조밀한 돛을 펼친다.

*계명성: 새벽 무렵에 나타나는 샛별

- 여수해양문학상 수상작

9. 여수해양 레일바이크

노산의 여인처럼
주름진 살가죽의 폐역廢驛을 가르고
양수 같은 갯내음이 터져 나와
새롭게 태어나면

나이든 만성역은
쉴 곳 찾아 날아든 갈매기 떼에게
무릎을 내어주고 하루를 시작한다

철마의 무리와는 다른
여린 발굽을 가진 신발들이
탑승장에 놓여 있다

하늘빛이 맑게 짙은 그늘에 앉아
오래 접힌 편지를 꺼내어
만지작거린다

무릎을 내주는 것은
새로운 열림을 터 주는 일

저 신발도 비탈로 몰아세우는 뒤안길에서
저릿한 무게 떠받치며 새날을 연다

문수에 맞는 신발을 신고
피아노 건반처럼 오래된 침목들로
층층 이룬 철길을 밟자
음표처럼 두두두두 덜거덕거린다

돌아서는 너의 뒷모습은
저물어 어둡지만
쉽게 눅눅해지지 않아
밤이 길지 않다는 것을 새삼 깨닫는다

푸른 들판처럼 쭉쭉 뻗은 선로가
쿠르르 쿠르르
말굽 소리를 내며 달린다

보고 싶다고 말하면
잠든 바닷가에서 빛바랜 걸음들이 깨어나
불쑥 일어선다

탈선하지 않도록 조심스레 페달 밟으며

밀착된 바닥을 움직이자
세찬 바람이 그 바닥으로부터 해체되어
터널을 빠져 나온다

밑창에 달라붙은 추억들이 눈뜨고
뒤엉킨 길들이 풀리자
두 줄로 나란한 궤도가
섬과 구름 건너 얼어붙은 빙산을 타고올라
너에게로 가는 그리움 위로
하르르 내달린다.

– 여수해양문학상 수상작

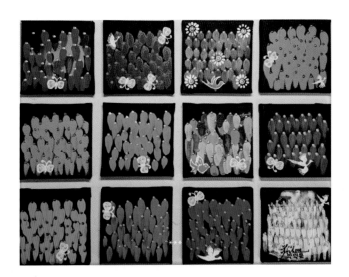

10. 여수항

굽은 등 감춘 어머니는
모든 것을 마주보며 말한다

고기잡이배 집어등의 밝음도
차갑고 드센 암초도
정박해 있는 순한 눈빛들도
휘감기는 한파도
모두 그녀의 앞에 있다

옷소매 걷어붙인 탄탄하고 억센 팔뚝으로
그녀는 언제나 정면을 응시하며
세상을 다독인다
앞면을 확장해 가는 그 뜨거운 가슴으로

어머니의 힘은 사실,
뒷면에 숨겨져 있다

비상식량으로 쓰일 지방이 비축된
낙타의 혹처럼

그녀의 굽은 등은 상흔의 저장고

난파된 어선의 슬픔, 어부들의 고뇌,
발 묶인 두려움의 나날들,
회한으로 출렁이는 항구,
속절없이 저무는 바다까지
모두 그녀의 뒷면에서 꿈틀거린다
그것들의 응축된 힘이
그녀를 단단히 다져간다

폭풍우 휘몰아치는
이른 새벽
용솟음치는 기도

정한수 떠놓고 험한 물결 잦아들 때까지
거친 파도 헤치며 허리 굽혀 애타하다
급격히 커지는 그녀의 간절함이
바람의 들머리 바꿔 뱃길을 연다

그제서야
사나운 풍랑 한복판에서
잔잔하고도 붉게 물들어 가는 고요가
먼 데서 생동하는 아침을 끌어올린다.

– 여수해양문학상 수상작

11. 여수 멸치잡이배

유자망*에서 태어나
유자망으로 숨쉬는 아버지는
주름 패인 세월만큼 눌리고 접힌
남해의 바닷길 펼친다

망망한 물이랑이
어지럽고도 희미하게 쌓여갈수록
통째로 뒤집혀 휩쓸릴 듯 자꾸만 다가오는
삼각형의 뾰쪽한 풍랑들
물마루를 넘으면 넘을수록 모자라는 잔물결의 고요
기우는 쪽으로 조금씩 일어서는
저 열림들

아픔 삭혀 힘을 응집한 억센 손이
격랑과 해풍 사이에
포세이돈*의 신화를 켜켜이 끼워 넣는다
바닥을 버티며 밀어내는 무릎의
매섭고 완강한 길항拮抗,
뜨거운 용틀임으로 늘 자리바꿈을 해내는

저 기립 자세

뱃머리의 외벽을 타고
반군처럼 퍼지는 사나운 세계가 무너진다
바다의 신열에 묻히지 않고 고립을 털어낸 그는
주홍빛으로 물들어 가는 수평선을
잔잔히 읽어 내려간다

간당간당한 구름이 흩어지고 노을의 비늘이 벗겨져
수면 위로 깔리는 시간,
섬과 섬 건너오며 은사시나무처럼 눈부신 것들이
남도 끝자락을 출렁이며 푸르게 희번덕거린다
스치고 비껴가며 팔딱이는
저 날렵함들

왼손 오른손 번갈아 가며 기운차게 올라오는 그물들
물 그늘까지 파르르 들썩거리며 따라붙는다
가득 채워진 은빛 꿈들로 살 오른 해 질 녘의 입술이 연
신 벙긋거린다

  어야라 차이야
  어야라 차이야

아버지는 촘촘히 짜여져 꿈틀거리는 우주를 품고
항구로 나있는 환하게 저문 밤길을 연다.

*유자망: 여수시에서 바다 표층과 중층에 서식하는 고기를 잡는 도구
*포세이돈: 그리스 신화에 나오는 바다의 신

- 여수해양문학상 수상작

12. 홍시

가지째 꺾인 감을
항아리에 넣어 둔다
그 순간
적막은 물관이 된다

마음속으로
들어앉은 기억
익지도 삭지도 않으면서
떫은 것들이
가슴 안쪽에 자리해
아린 불꽃 피워 올릴 때마다
데인다

혀를 지우는 시간이
길어지던 어느 날
우연히 눈에 띈 항아리
그 어둠 한켠에서
서로를 어루만지는
연하고 물렁한 속삭임들이

들려온다

느리디느린 속도로
따스하고 환하게 타오르는
둥근 불씨

당신과 함께 바라보았던 노을처럼
내밀하고 달디단 그리움이
저리 붉게 열리고 있다.

- 큰여수신문 문학상 특별대상 수상작

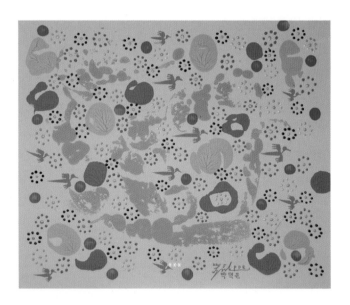

13. 돌확

뒤란으로 밀려난 고요가
세월의 무게 떠받치고 있다

관자놀이에 힘줄이 서도록
매움을 견딘 투박한 몸짓

무명無明의 강파른 울음에
닿을 때마다 따갑다

한때 한식구의 평생을 먹여 살린 숨결이
오래 묵으면서 점차 맑아진다

폭풍우가 빗발쳐도 숨거나 가리지 않고
지금까지 버텨 온 속도로 삭힌다

공空
한 글자만 남긴 채

부처 닮은 그 둥근 몸이

모두 눈이고 귀이다

산새의 속깃털 하나가
떨어진다

우연처럼 속울음의 시간
툭 터져나와 기댄다

이전의 짓눌린 날갯짓도
하늘과의 통로를 여는
그 아득한 훗날의 비행도

이미 알고 있다는 듯
품는다.

– 큰여수신문 문학상 특별대상 수상작

14. 커피

취업 준비생인 커피는
봄거울 앞에서 스커트 입어 보며
화끈거리는 바람을 손톱 밑에 숨기지만
여름의 목울대에 걸려 펄펄 끓는다

시끌벅적한 청춘을 필터링해
여무는 한 뼘의 둥근 꿈이
여러 겹의 소리 껴입고
갈빛으로 향해 가는데

주먹을 꽉 쥔 태풍의 눈빛에
발목 삐긋한 풍경들이
휘어질 듯하다

마음의 육질은 연해
무심히 던진 한마디에도 쉽게 짓물러
터질 듯 번지는 아픔

생각날 듯

복사꽃 피었던 멀고 먼 자리
그 간절함 안쪽,
커피의 복사뼈가 단단하다

멍이 들수록
쏠리듯 찾아야 할 의미는 계속되고
땡볕에 꾹꾹 다진 다짐들이
다닥다닥 붙어 단맛 고아내면
몸살 앓는 어둠은 커피향으로 익어 간다

막무가내로 부푼
찻잔 속 젖가슴

발그레한 망설임의 둘레를 벗기면
물오른 달콤향긋함이
수줍게 쏟아져 내린다.

- 커피 문학상 금상 수상작

15. 한양도성

돌을 물어다
생계의 가장 밑바닥에 쌓은 성곽은
아버지의 마지막 등마루에 가깝다

까마득한 바람 몰리는 꼭대기에서
평생을 보낸 아슬아슬한 중심으로
목숨의 막바지 붙드는 성벽

주름지며 흘러내리는
손등이 기억해 내는 푸른 숨결처럼
화엄의 세계에서나 다시 부를 노래처럼
감춰진 무늬를 서로 어긋매끼게 엮고 있다

자세만으로도 각이 잡힌 그 무늬는
어릴 적 등에 업혀서 들었던
별의 심장 소리

살이었던 시간들을
내려놓는 성루에

서로를 끌어당기는 떨림들이
서서히 번지고 있다.

– 한양도성 문학상 수상작

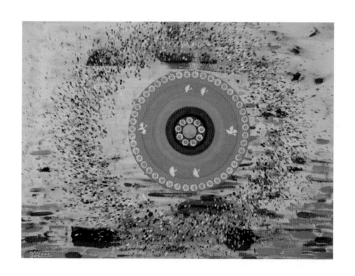

■ 박덕은 시선집 100선

16. 비희* - 사육신의 恩

용의 머리에 거북의 몸이 왔다
하늘에서 북소리 울리고
외줄 타는 달빛
툭 떨어지기 전에 왔다

등딱지에 박힌
훈장 같은 결의가
희고 날렵했다

복위를 꿈꾸는 의지들이
구차하게 살 수 없다는 듯
끝까지 저항했다

사무친 함성이
피맺힌 절벽 딛고
천년은 갈 거라는
소문만 떠돌았다

거북은

반듯한 충忠의 비문을 등에 지고
모래톱 위에 신화 풀어놓는
바다의 얼굴이 되고자 했다

맹렬하게 뒤쫓아오는 해일 앞에서도
무릎 꿇지 않는 기개
짓뭉그러진 밤을 박차며
두 눈 부릅떴다

심장을 주춧돌로 탈바꿈시키며
오로지 한 생각으로
충忠을 완성해 갔다.

*비희: 거북이를 닮은 상상의 동물로 비석의 주춧돌로 조각된다

– 사육신 문학상 수상작

17. 어머니

어두컴컴한 호미 자루 속에
접은 날개 깊숙이 넣어두고
한평생 흙만 품고 산다

시린 무릎처럼 뭉실하게 닳은
손잡이에 땀이 흥건해지면
밭가에 무드럭진 풀들이
시큰한 손목처럼 얼얼하다

날갯죽지 결려 일어서려는데
지난밤 끙끙 앓은 아픔이 터져나와
도로 주저앉는다

서러움 짙은 하루 털어내듯
조금씩 휘어지는 허리
등이 굽어갈수록 푸르게 몸집 키우는 밭떼기
산비탈처럼 거친 이마가 서서히 펴진다

말린 고구마대 같은 겨울이 오려는지

하늘이 왁자하다
낡은 호미 자루 갈아 끼우려고
습베* 빼내자
훠이훠이 날개 치는 소리 들려온다

산밭을 떠나
자식들의 가슴에서 살고 있는
새가 푸드덕거린다.

*습베: 호미 자루 속에 들어박힌 뾰족한 부분

– 효 문화 콘텐츠 문학상 우수상 수상작

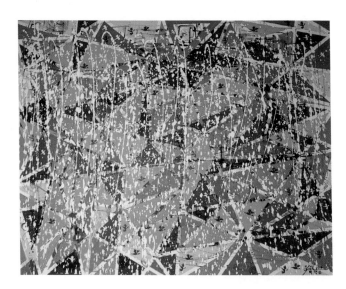

18. 사각기와무늬*

정읍 용장사 절터에서
기와 조각이 출토되어
세상과 만난다

땅속에 묻힌 비바람 조금씩 털어내자
바라춤처럼 피기 시작한
사각무늬

기왓장 속으로 스민
울음소리 조심스레 떼어내니
벽 향해 앉아 있는
어깨가 울먹인다

일주문 밖에선
상엿소리 뎅뎅 낭자하고
눈보라가 휘몰아치고 있다

발끝 내디디는 하늘 향한 구리거울에
얼비치는 미소

오래 따르던 사랑이 연못에 출렁이고
소리 없이 지는 하얀 꽃의 얼굴

무너지는 숨 감싸 안고
허공 건너는 걸음
바라 소리에 속하지 못하고
휘청거린다

수천 번 아픔 퍼 올린
저 은유의 춤 문양
선문답인 듯 새겨져 있다.

*사각기와무늬: 정읍 산내면 용장사 절터에서 출토된 기와 조각에 새겨진
　　　　　무늬

- 정읍 문학상 수상작

19. 소리

오랫동안 나는 것에 익숙한 자음과 모음이
제 습성을 버리고
길로 정착한 갈매기 소리를 읽는다

남쪽으로 열린 날갯짓은
잘 익은 소리의 진초록 발을
공중으로 한 뼘씩 내민다

어둠 저편으로 향수의 수평선 지면
파도 소리 탁본하는 손길이 철썩거리고
새벽이면 안개 자욱한 입술들이 모여들어
별들의 안부 묻는다

한곳에 머무르지 못하고
떠돌던 시절을 기억하는지
꼬깃꼬깃한 불면의 밤이
자갈길에 들러붙어 있다

둥지 틀었던 한 생이 환한데

다급하게 북으로 가야 하는 이유가
폭설처럼 휘몰아친다

적의 땅을 내달아야 하는 뜨거운 다짐처럼
조심 조심 숨 몰아 내쉬는
소리의 발자취들이 선명하다

끼룩끼룩 귀를 씻기는 문맥이 달라질 때마다
날갯짓은 파도 소리에 앉을 만큼의
맑은 꽃잎을 빚는다

한 번 더 봄이 오는 항로를 찾아 나서는
길의 갈매기,
소리의 날개를 접어도
허공 업어 키운 문장들이
맹렬하게 다시 부활한다.

– 전국 김소월 백일장 준장원 수상작

20. 약속

밋밋한 나무판에서
마지막까지 조각도 놓지 않고
새를 불러오기 위해
자신과의 언약 지켜내는 것
그게 어디 쉬운 일이던가

계속되는 우기로 무너진
이십대의 불기둥 다시 세우기 위해
어제에 붙들려 있던 발자욱들을 깎아낸다

나무의 속살로 비집고 들어가
나무가 되기까지 버텨 온 땅을 쓰러뜨리며
두려움이 안쪽으로 흘러들지 않도록
대담하게 파낸다

찬 이마 허공에 뉘며
모든 걸 놓고 싶은 유혹의 밤들
비집고 들어오기 전에
윤곽을 점점 더 뚜렷해지게 한다

둔탁한 잠 꺼끌꺼끌 밀어내며
절박한 다짐인 듯 바람 소리 새겨넣자
새의 심장이 따뜻하게 깨어난다

마침내
작고 여린 깃털에 손끝 떨리는 생기가 돌자
추운 나뭇가지 박차고
새 한 마리 유유히 날아오른다.

- 평택사랑 백일장 수상작

21. 민족시인

거칠고 탁한 물살에
가슴에 박힌 것들이
속울음 게우며 조여올 때

비명 같은 詩로 부수고 깨뜨려
물길 막으며 길길이 날뛴
발자욱 하나씩 무너뜨린다

꺾이고 뒤틀린 행간에서
날이 선 펜촉이 푸르러질수록
벼랑 끝으로 몰리지만

뒤로 물러서지 않고
온전히 불사르는 절박함,
기어이
빛살 물고 온 둥그런 울림

짓눌렸던 시어들이
일제히 새벽 입고

수면 위로 날아오른다

안으로 안으로 환해지는 숨결
조국의 산야로 퍼져 나가
막다른 골목에서
떨고 있는 아픔에까지
파르스름히 가닿는다.

– 전국 김영랑 백일장 대상 수상작

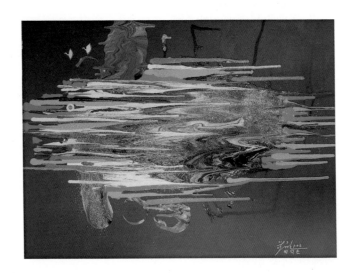

22. 할머니의 풍등*

백발처럼 성성한 슬픔이
무겁게 밀려들면
동안거를 끝낸 밭으로 간다

울컥울컥 감자의 흰 살점들
칼끝 깊을수록 아리다
잿빛 재를 가리개 삼아
감당하지 못할 한恨 숨긴 채
가늘게 떠는 눈이 어둠 속으로 파고든다

깊은 병을 앓았던 과묵한 땅이
고르게 아픔 덮어 준다
기대고 부비다
파근파근 빠져드는 잠

입가에 붙은 허연 각질처럼
들판이 일제히 아지랑이 내뿜자
단단한 햇볕을 멀리서부터 끌고 와
가득 채우는 흙의 발자국이 따사롭다

묻힐 수 없는 날들
적막 속으로 잠기자
우우우 허공 떠도는 소리
그 서러운 날들 억지로 외면하지 않고
조금씩 밀어올려 푸른 줄기 세운다

출렁이는 감자꽃 애달피 지우며
자드락밭에서 여물어 가는 가슴들이
찬란한 내일을 어룽어룽 엮는다

울음은 웃음보다 환하다
할머니의 세월 가르는 산통이
하얗게 멍이 든 세상을 눈뜨게 한다

스적거리며 자라는 유월의 밤
사방천지 별처럼 반짝이는 풍등이
밭이랑마다 무더기무더기 떠 있다
절박했던 순간들이 짱짱해지자
할머니의 꿈알들이 토실토실하다.

*풍등: 종이 풍선 안에다 소원을 담아 띄우는 등

- 오은 문학상 특별 문학 대상 수상작

■ 박덕은 시선집 100선

23. 월식*

이른 새벽,
정읍의 눈매가 매섭다

마지막까지 꺾여지지 않겠다며
말목장터에 모인 함성들이
조선의 땅을 울컥거리게 한다

태생부터
쓰리고 아릴수록 단단해지는 눈물이
새길을 만든다
그럴수록 달의 심장을 옥죄는 망나니들

따뜻한 밥 한 그릇 지켜주고 싶은 열망으로
푸른 목숨들이 일제히 일어서자
달의 눈동자 같은 배들평야가
사발통문으로 들끓어오른다

혈맥이 막힌 들머리는
한 많은 소리 담느라

온몸이 검게 탄다

고을마다 자지러질 듯
출렁이는 불길이 홍반처럼 돋지만
폭설 몰아쳐 험준한 산맥을 넘는
얇은 대님이 춥다

으스러진 달빛이 찢겨진 깃발 품고
몸집보다 큰 울대를 울컥울컥 삼키며
짓밟힌 숨결들을 끌어안느라
사방이 캄캄하다

올가미처럼 조이는 어둠에
질질 끌려가는 얼굴들
뒤를 두려워하지 않는 비장함이
쇠사슬 위로 쓰러져 서늘하다

수없이 밀려갔다 밀려오는 물결에
떠내려가지 않는 오랜 몸짓이
미로를 더듬고 있다

바닥까지 없애면

수직 갱도를 뚫어
차곡차곡 빛줄기를 쟁이는
작은 몸부림들이
끝 모를 뜨거움으로 팽창한다

자신의 멱살이 잡힌 절규가
침묵 건너 문을 나선다

처절하게 슬픔을 음각하며 빠져나온
아직 끝나지 않은 봉기가
동진강으로 모여들어
혁명 같은 달가루를 풀어놓느라
강물결이 희디희다.

*월식: 달의 일부 또는 전체가 지구의 그림자에 가려서 보이지 않게 되는
       현상

– 오은 문학상 특별 문학 대상 수상작

24. 등대

손끝에 달을 달고
작은 어선으로 떠돌며
천연덕스럽게 껄껄거렸던 사내

어언 수십 생애 얼룩얼룩 잘라먹고
기다려도 영영 오지 않을 것 같은 인연
무너지지 않게 와지끈 붙들며
바닷길을 밝히고 있었다

해일이 덮친 얼마 후였던가
멸치의 살과 내장으로 뒤범벅이 된 그날
팔딱이는 약속이 저물기도 전에
침침한 저녁을 걸어 떠났다
온몸에 슬픔을 퍼담고서

길목은 나무등걸처럼 메말라 갔다
몇 번의 열정이
난파된 배에 있었다는
무성한 소문만 수군덕거렸다

바다에 꽃잎 하나 흘려보내고
옷깃을 여미지 못할 바엔
스스로를 뜨겁게 달궈야 했다

사내는 더 늦기 전에
약속을 완성해야 한다며
밤이면 제 슬픔 태워 물길 여는 횃불이 되었다

이 타오르는 떨림이
어느 배에 닿았던지
그리움은 시린 몸을 녹였다

추운 어둠이 깊어갔다
파도 소리 툭툭 불거진 아픔 위로
언 눈 뜨고 기다리는 사랑이
하얗게 짙어갔다.

-오은 문학상 특별 문학 대상 수상작

25. 폐선

눈보라 속에서도
아궁이 뜨겁게 지폈던 옹이가
깊은 잠에 빠져 있다

폭풍우 몰아치는 길 끝에서
삐걱삐걱 금 간 엔진을 기억하는 갯내음이
나무뿌리처럼 갈라진 바닥을 받치고 있다

파도와 파도 사이
모랫바람 드센 사막이 숨어 있어
빈 그물만 들어올린 아픔이
갑판에서 녹슨 꽃으로 피어난다

마지막까지 놓지 않았던 만선의 꿈은
모래무덤을 무너뜨린 실크로드의 간절함처럼
은빛 군무로 꿈틀거리는 뱃길 연다

해도海圖에도 없는 물무늬 오아시스에
고래를 잡아 풀어놓느라
심장은 터질 듯 벌떡거려

신기루는 저리 붉게 타오른다

찢겨진 그물코를 혈색 좋게 꿰매며
생의 닻줄 짱짱하게 움켜쥐었던 손으로
어루만지는 난간이 반짝거린다

섬과 섬 너머
까마득한 모래언덕을 건너기엔
고무장화는 늘 헐겁다

그런데도 집어등 같은 자식들이
가지마다 틔운 새순은 낭랑하다

출렁이는 푸른 잎들로 가득 채워진 항해일지는
물새들의 해조음으로 자장자장한다

멀리서부터 등대 불빛 끌고 와
덧칠이 벗겨져 추운 등을 덮어 주느라
갯강구들이 몰려든다

또 한번의 단내 나는 출항을 준비하느라
밀물지는 소리들이 음표처럼 타전된다.

- 오은 문학상 특별 문학 대상 수상작

26. 대나무 평상

관방천 국수 거리에
너른 등짝의 평상이
앉아 있다

사백여 년 전
하지夏至처럼 길어지는 함성들을
대쪽에 새긴 완고함인 듯,
서러움 분연히 떨치고 일어선
제봉霽峰*의 격문인 듯

예순 갑자에 맑아진 눈동자
등뼈로 산맥 져나르기 위해
꼿꼿한 중심 세우고 있다

먼 곳에서 온 오후가
버림받은 저녁 끌고 와
곤한 다리 털썩 주저앉기 전에
어느새 미리 와서 올곧은 등판 내준다

달빛 엎지를 듯 너무 오래 걸어
거죽만 남아 휘청이는 연민에게
말없이 앉기를 권하며

제 속을 몽땅 쪼개고
돌처럼 아픈 굵은 마디 사포질해
매끄러운 평면이
눈에 익은 흉터처럼 춥다

얼마나 많은 못에 찔려야
수평선 같이 고요한 등으로
묵묵히 속울음 지고 갈 수 있을까

거병 소식 같은 바람이 탱탱하게 불어
무명옷 입은 선한 호흡들이
모여들고 있다

이제는 제 깊이만큼의 등으로
서로를 받쳐 주고 싶어
혁명 같은 문을 열고 선선히 오고 있다

잠시 흔들리며

무게를 떠받들고 있는 다리에
궤적처럼 심줄이 툭 붉어진다.

*제봉(霽峰): 고경명의 호.

- 오은 문학상 특별 문학 대상 수상작

27. 진도의 문

버려진 배에는
바다와 이어진 문이 있다

밀물지자 구멍 뚫린 갑판 사이로
소리들이 흘러나온다
짠내의 가는 귀로 늙어 가니
짓눌린 것들이 스스럼없이 다가온다

갯벌이 건네는 뒷이야기
어부 피해 도망가는 물고기의 서러움
이런 낮은 음들은 아래로만 쏠린다

썰물로 떠밀린
그 끝에 이르러서야
비로소 들리는 아픔

화산처럼 또렷이 터져 버린,
떼죽음 당하는 울분처럼 짙게 으깨어지는,
이윽고 날개 잘리어 떨어지는

저 소리들

갯바위는
몸에 묻은 소리를 파도로 건져 올려
바닷속에 쌓아 두고

수평선에 지느러미 한 점 새기지 못하고
사라진 등대 불빛은
소리의 자궁에서 자라 따개비가 된다

천식 앓는 갑판 곁으로
섬의 썰물이 몰리자
느리게 바다의 문이 닫힌다

울음을 몽땅 쏟아낸 문은
따스한 염려로
겹겹이 깊어지고

따개비는
바다에 가슴을 둔 채
소리의 등을 다독여 준다.

-진도사랑 문학상 수상작

28. 효

젖은 모래를 키운다
수없이 얼래도 따끔거리는
울음 주머니로

두려움에 끌려가며
더이상 가까이 오지 말라고 던진
눈물이
먼 길을 되짚어 가듯

갯벌이 시커멓게 휩쓸리는 동안에도
어쩌자고 빈집은
떠나지 못한 눈빛만 가로눕히는지

살 밖으로 빠져나간 발자국들
떨며 누군가를 기다리지만
가슴은 한쪽으로만 무거워진다

불구의 목숨이라도
두근두근 따라나선 지 오래

헛것처럼 당신 가는 그곳
오늘도 서성거린다

그리움 속으로 까마득히 소외된 시간은
묽은 막을 모래 위로 켜켜이 쌓아 가고
수평선 안쪽으로 번지는 노을은
깊어지는 제 무게로 점차 가라앉는다

온몸을 울려 흰빛으로 남을 먼 훗날
상흔 아물어 가는 지상의 밤은
그때서야 모든 걸 환히 읽어낼 수 있으리.

-정조 효 백일장 문학상 수상작

29. 폐차장

거침없는 질주 하나가
가파른 기억의 고삐 내려놓고
가부좌 튼다

갈 데까지 가 보자는
취기 오른 속도에
두 다리 내주고 나서야
비로소 생전의 꿈을 끌어당긴다

땅끝까지 몸 열어 준 길들을
통째로 뜯어내면
달릴수록 치기 어린 배경이
떨어진 문짝처럼 사라진다

부러진 와이퍼에 화두인 양
민들레 홀씨 내려앉자
허리에 힘을 주는
바람의 척추가 꼿꼿하다

가고 없는 것들 움켜쥔
손아귀의 힘 빼야 하는데
한 방향만 고집한 미련 많은 백미러는
금이 간 오후의 고뇌를 붙들고 있다

구름 한 점 없는데
소나기 한 줄기 후드득 쏟아진다
스스로를 경계하라고
등짝 후려친다.

-공주 시립도서관 문학상 수상작

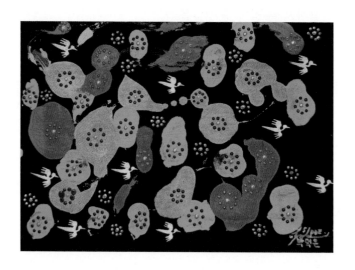

30. 억새

가끔은 억새처럼
당신의 손길 잡고 싶다

밤이 긴 추억의 터미널에서
막차 탄 사랑을 떠나보내며
창문 밖으로 내민 아쉬움 잡고 싶다

머나먼 강가를 함께 걸으며
그대의 향기가 손끝에서 녹아
노을로 번지는 걸 다시 느끼고 싶다

사랑도 만남도
가슴 떨리는 기다림도 필요 없다는 듯
요즘은 카톡이 오고가고
바쁘게 영상 주고받으며
가벼운 연애를 한다

스마트폰이 삼켜 버린 관계 속에는
떨리는 손 내미는 이가

그 어디에도 없다

산을 내려오다 뒤돌아보니
며칠 뒤면 떠난다는 가을에게
조금만 더 머물다 가라며
눈시울 붉게 손잡고 있는
억새가 서 있다

가끔은 억새처럼
당신의 손길 잡고 싶다

가장 순결히
가을로 물들어 가는
당신의 손길을.

– 빛고을문예 백일장 우수상 수상작

31. 기록의 건축학-생활사박물관

임실 원천마을에는
장롱 깊숙이 세들어 산
아주 오래된 이야기가
집 짓기를 서두르고 있다

반쯤 해체되어 둥글게 말아 모은
기억을 거슬러 올라가
그리움의 각도를 측량하며
설계 도면을 펼친다

가고 없는 발자욱 소리에
유림들의 통문으로 주춧돌을 놓고
건너뛴 시간 사이로 창을 내어
봄볕을 짱짱하게 들인다

긴 겨울을 살아낸
일제 강점기의 전답실측도는
삭이고 버틴 아픔으로
내부를 견고하게 한다

풍년을 기원하는 쟁기와 써레로
외장재를 마감하자
구수한 워낭소리로 가득한 들녘이 피어난다

꼿꼿이 받아 적은
근현대사의 피 땀 눈물이
한 채의 집을 완성하고 있다.

-기록사랑 백일장 금상 수상작

32. 독도

태곳적부터
한반도의 꿈 길어 올리는
동해 첫머리는
돌로 지은 기도서

성스러움을 경배하기 위해
캄캄한 사막 건너 순례길에 오른
괭이갈매기의 울음이
행간에 촘촘히 박혀 있어
산 자들은 자신도 모르게 고개 숙여
두 손을 모은다

손바닥이 맞닿자
모태 신앙인 해무 속에서
외세의 침략을 물리친
아리랑 가락이 흘러나온다

백두와 한라가 공경하며 받든 하늘
그 하늘빛의 말씀을

한 글자 한 글자 받아 적느라
밤은 돋보기까지 찾아 쓴다

밥 짓는 내음 모락모락 피어나는
수평선에 걸린 햇볕을
여물여물 먹는 암소의 워낭소리로
글꼴을 만들고
백두대간 그리워 해안에 가닿는
해류의 손끝 지문으로
애타게 바위에 각주를 단다

목차에서 빠진
성화 닮은 달빛 문양 새겨넣자
등 곧추세워 타종하는 파도 소리에
터져 나오는 하얀 포말의 눈물방울들,
저 백의민족의 가슴들이
한꺼번에 쏟아내는 통성 기도로
바다는 울컥하다

심해에서 부서진 오탈자처럼
비무장지대에서 죽은 듯 짓눌린
별빛들은 도무지 반짝이지 않는다

그 갇힌 별빛들이 암벽 끝에 다다라
이제는 앞다투어 입술을 연다

한류에서 난류까지
첫 장부터 끝 장까지
주제는 오직 하나

한반도의 봄을
완성하기 위해

해저에서도 푸른 혈류 도는 믿음이
불같이 달려드는 눈보라 헤쳐 가며
꽃망울 틔우는 마지막 문장을
써 내려가고 있다.

-독도 문학상 수상작

33. 칠월이 오면

꺼져 가는 겨레의 불씨를
온몸으로 지피기 위해
기꺼이 푸른 목숨 꺾어 밑불이 된
당신의 절박한 외침이 들립니다

일제의 침략으로
산산조각난 조국을 살리기 위해
뼈와 살을 불구덩이 속으로
내던진 그해, 여름은
제 안의 뜨거운 울분의 피를 다 쏟으며
붉게 울었습니다

그 무엇으로도 삭일 수 없는 슬픔
그 무엇으로도 꺼뜨릴 수 없는 분노
그 피맺힌 절규로
파도는 저리 소용돌이칩니다

홀연히 떠나
한줌 흙으로 돌아올 때까지

반세기가 넘는 시간을
눈 감고 귀 막아 오래 아팠습니다

스스로를 태워
한반도의 새벽을 연
이준 열사,
당신의 넋이 이제는 별이 되어
우리들 가슴에서 빛납니다

하늘은 압니다
당신이 흘렸던 피눈물을
땅은 압니다
당신이 품었던 희망을.

-이준 열사 문학상 수상작

34. 의자

재개발을 앞둔 밤골마을
억척스러움 뒤로하고
이제는 서두를 것 없는 한 생이
골목에 나앉아 있다

철거될 집을
아슴아슴 바라보는 눈빛 때문에
오후가 과묵하다
모든 걸 다 불태운 후에야
비로소 사랑할 수 있다는 듯
주저 없이 길에 오른 마음

앙상한 네 개의 다리를 기웃거리는 바람은
사연 많은 자국들에 귀기울이느라 고요하다
분주하게 끌려다니며 휘청거리는
일상도 시들어 더이상 없다

늦은 귀가로
허기진 하루를 품어 주다 해진 무릎,

이제는 마음이 외져
아슬아슬한 길고양이 같은 영혼들을 다독인다
한평생 저릿저릿한 아픔 감싸 주며
남몰래 눈물 흘리는 어머니처럼

부러진 나뭇가지같이 금이 간 등받이에는
아버지의 발자국 소리가 배어 있어
지나가는 사람은 자신도 모르게 몸을 낮춘다
그 틈새에서 새어나오는 온기가 따뜻하다

남겨진 유물은 경건하다
긴 시간 담금질하며
온몸으로 써 내려간 잠언서 같은 것

저녁은 헐거워지는데
가로등 불빛으로 환한 문장들
그 낭랑한 울림으로
담장 밖으로 뻗어간 휴식은
저리 소담하게 꽃망울을 엮고 있다.

-상록수 백일장 장원 수상작

35. 금강에 살어리랏다

쇠잔한 물결의 몸
그의 카메라에는
늘 강이 산다

거대한 보가 세워진 날
저릿한 눈발이 휘날리기 시작한다
욕망 한가운데를 향해
지느러미 세차게 파닥거리지만
빛은 자꾸만 말려들어 간다

갇혀 굳어져 가는 물살,
그 찢겨진 아가미 위로
독버섯처럼 그림자 쌓여
멱감는 풍경이 감금된다

금 긋지 않았던 경계가
위태롭게 확장하여
눈보라에 실려 달아날수록
더욱 선명해진다

밤새 강물이 늑골 사이로 빠져나가면
수몰된 어제보다 더 까칠한 오늘을
취재 수첩으로 감싸줘야만 한다

두 눈이 짓무르도록 토해내는 폭언처럼
쏘아붙인 기사에는
웃자란 울음만 번진다

싱거운 월급조차 없는 펜은
누굴 위한 처절한 기록인지

배낭에 밀린 월세와 맞바꾼
몇 조각의 빵을 짊어진 채
강을 더듬더듬 읽는 상흔뿐

막다른 골목에 내몰려
차갑게 식어 가는 몸뚱어리
부둥켜안고 운 눈시울은 안다

물풀들이 강기슭 어루만지듯
아픈 봉오리를 향하여
차마 앵글을 돌린다

앵글은
비릿하게 터져 나오는 비명

입 벌린 채 모래 뒤집어쓴
물고기들의 기억으로 뒤범벅될 때마다
아무도 몰래
뻘의 가슴에 별빛을 담는다

수문 열리듯 바람이 불면
비를 부르는 젖먹이 아기의 투레질 소리처럼
투루루 투루루
연신 셔터를 눌러댄다.

- 지구 사랑 문학상 수상작

36. 나의 오월

얼키설키 뒤엉켜 공복처럼 쓰린
인연 잊기 위해
슬그머니 사무실을 빠져나와
컵라면으로 혼자 점심을 때운다

뒤틀리며 꼬인 시간 속으로
뜨거운 물이 눈물처럼 흘러든다
쉬이 풀리지 않게 엉겨붙은 라면 사리는
굳어 버린 세월처럼 딱딱하다
그 젖어듦 속으로 자맥질해 들어가 보지만
막다른 벽에 가로막힌다

가까운 듯 먼 듯
못줄 넘기는 소리 희미하게 번져 올라온다
일손 귀한 오월의 논이 두레 지어
짐벙짐벙 끊어질 듯 아픈 하루
심는 손들로 분주하다

구성진 육자배기 가락이 한 순배 돌자

물비늘 위로 적어 내려간 응어리들이
찬찬히 허물어져 가라앉는다

첨벙이는 햇살
귀가 맑아져
모처럼 굽은 허리 편다

몇 차례 소리돌림으로 생기 되찾은 들판,
바람에 넘겨지는 진초록 문장에 엎드려
책 읽는 물방개의 날개가 빛난다

소금쟁이 발목 같은 사랫길로
새참 이고 가는 어머니의 젖가슴에서
아카시아꽃향이 흩날린다
달디단 노랫소리 따라
노란 주전자 쿨렁쿨렁 뒤따르고
풀밭으로 떨어지며 튀는 막걸리에 취해
비틀거리는 돌멩이

동네를 꽉 채운
개구리 소리 걷어내더니
그곳에 전속력으로 질주하는 건물이 세워진다

어둡고 눅눅한 문 열고 들어서자
출구가 허공 속으로 사라진다
죄 없는 봄날이 갇히고
일상은 그만 길을 잃어 버린다

헛헛증에 시달리는
외로움 이기지 못한 오후는
산그림자처럼 길게 잠들어
부르튼 유년을
입술 데이도록 집어삼킨다

거리는 폭우로 거세어지고
그보다 더 맵고 아린 소리를 들이키며
국물도 없는 팍팍한 세상 뒤지고 있다

컵라면의 들끓은 울음이
차고 흘러넘쳐 논으로 들어간다
허리 숙여 잘박거리며
모내기를 준비하는 마을 사람들 곁으로.

– 용아 박용철 백일장 특선 수상작

37. 부산진 시장

범일동에 자리한 고목 한 그루,
낯가리지 않는 발자국들이
가지마다 매달려 있다

질척이는 저잣거리만큼 깊어진 뿌리마다
이마에 간판 달고 앉아
햇볕에 우려낸 조명등을 켠다

허기져 그늘진 자리에
새로운 표정 들여놓고 싶은 걸음들이
나이테처럼 인심이 둥근 매장에
귀를 쌓아 두고 있다

오르락내리락 흥정 붙이는
한 무더기의 바람에 취한 듯
입 큰 이파리들이 푸르러지고
새소리가 파랑파랑 날아든다

환영받지 못한 하루는

그 어디에도 없다는 듯
물관 가득 차오르는
새로운 이야기로 층층이 뜨겁다

어스름이 산능선을 거뭇거뭇 밟고 오면
무릎 시린 나무 밑동은
노을을 파스처럼 붙이고

한 잎 두 잎 바닥으로 깔리는
멍자국 같은 저녁을 붉은 꽃으로 바꿔
백년도 넘게 하늘 받치고 서 있다.

– 부산진 시장 예술제 문학상 수상작

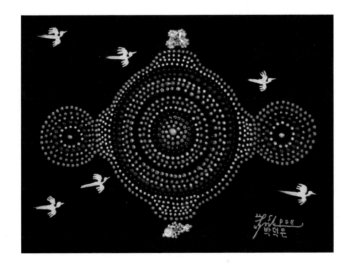

38. 섬진강 판화

매끄러운 물비늘에
햇살의 손가락 같은 조각칼 닿자
무시로 드나들며
하늘과 내통하는 강바람 인다

강가에 내려앉은 그림자 안쪽으로
바짓가랑이 무릎까지 걷어올린
말랑말랑한 추억이 흘러들어
주린 시절을 채워 줬던 재첩들이
맨발로 달아나는 모래알 물고
하얀 이 드러낸다

까맣게 그을린
대야 한가득 환한 얼굴 보기 위해
허리 펼 겨를 없이
최초의 집이자 언젠가는 꼭 가야 할
언덕배기 같은 강물에
쉼 없이 절을 하는 아낙네들

강바닥에 오래 붙들려 있어
부르튼
벚꽃의 물그림자 떠서
물마루에 앉힌다

동그랗게 커지는 눈 껌벅거리며
심장 두근거리게 봄 띄우는
섬진강

혀처럼 내미는 소금쟁이의 발걸음에도
가볍게 파문 일으키며 뒤집히다가
거침없이 일어나 다시 꽃을 피운다

간질이는 수면 사이로
고향집 대문이 열리고
뽀얀 국물을 흘리는 어머니

가마솥에 불 지피면
강의 중심인 양 아궁이 앞으로
일제히 도움닫기 하는
유년의 시간이 고물고물 반짝거린다

칼날 깊숙이 패인 자리마다
연기처럼 벚꽃향이 올라와
꽃잎에 회오리바람 일으키는 그리움
해 질 녘 기슭에서 몰려나오고

세모칼이 날렵하게 깎아낼수록
노을 한 채 등에 짊어진 재첩꽃이
코끝까지 밀려온다.

– 현대문예 권두 육필 시 초대전 작품

■ 박덕은 시선집 100선

39. 지리산의 밤

깊고 검게 환하다
좀 전까지 닫혀 있던
아버지의 산문山門이
조금씩 열리기 시작한다

산자락의 까만 미닫이가
소리 없이 덜커덕거리며 움직이고 있다는 걸
눈치채지 못한 가슴들,
입구를 향해 모로 누워 잠든다

그런 날은 으레
양들이 울타리 넘어
망망한 들판으로 가는
꿈을 꾼다

세월의 눈시울은
아버지의 손 잡고 비탈을 뛰어넘는다
따뜻한 끈처럼 뒤따르던 걸음들은
허구렁에 빠질 걱정 없어

회남재 숲길에서는 늘 전설이 되어 흘러간다

무릎에 힘을 줘야
넘어지지 않는다는 걸 안 이후로
닳아진 뒷굽은 움직일수록
불안을 감추기에 바쁘다

금세 돌아오겠다는
아버지의 손을 붙잡지 못한 이후
숲은 갈래길마다
저마다의 손금을 그리고 있다

아스라이 사라진 여분의 삶은
아직도
밑둥마저 메마르다

먹물 같은 한숨이
신발 밑창으로 스며들면
방향 잡기엔 으슥하고 소란스러워
잠시 발걸음 멈춘다

아우성의 열린 문틈으로 내보이는

손금이 낯익다
달빛 어루만지는 어린 기억의 손처럼

까무룩한 바윗길 가뿐히 넘어
하동에서 거림 계곡으로 가는 산모롱이
두런두런하고

아버지의 너른 손 닮은
밤하늘과 마주잡은 별빛,
넘어질 염려 없어
앞장서 흥얼흥얼 걸어간다.

-월간지 〈문학공간〉 특선.1

40. 섬진강

얼어붙은 강 여기저기
쩌억 벌어지는 금,
물의 굳은살 밀어내는 그 울림으로
헐렁해진 밤

억센 바람의 끝동 스치며
냉기 서린 몸,
겉부터 속까지 사납고 매운 그늘이
서서히 쏠리며 내비치는 옷고름

동이 틀 무렵
언 발로 종종거린 버선코 아래로
겹겹이 스며드는
뜨거움의 수많은 갈래들이
부드럽게 간지럽히며 물씬한 단내
한가득 쏟아낸다

집요하게 들러붙은 시름인 듯
춥고 완강한 돌 같은 물살

녹여 내리는 흰 연기 속,
눈물겹도록 골진
가슴속 붉은 아궁이처럼

옛날 아주 오랜 옛날로부터
아린 새벽마다 정한수 떠놓고
어린것들의 아픈 자리 뜸 뜨는
눈에 밟힌 어머니의 소맷부리처럼

나긋나긋 짚어 내려가는
저고리의 온기,
안과 밖의 소란함을
더디게 뒤섞다 허물어뜨리고

빛살로 번져 가는 지느러미 되어
너와 나 사이에 열리다 닫힌
벽 같은 겨울밤 껴안고
봄의 물무늬 깃 따라 파득파득 일어선다.

-월간지 〈문학공간〉 특선.2

41. 하동 평사리

마을 어귀에
무명천 같은 고요 하나 놓여 있다
어머니의 비밀처럼

씨실과 날실 닮은
몇 알의 봄빛이 기웃거리고
오래 지병 앓은 얼룩이
지쳐 웅크리고 있다

빈 껍데기처럼 막내딸 집에서
길게 묵어
한동안 녹이 슨 안주머니

깡마른 겨울잠에 뒤척이는
지푸라기들이
거죽만 남은 아랫도리를 휑하니 드러낸 채
누워 있고

밑단이 잘린 벼 뿌리는

거친 낯빛으로 납작하게 엎드려
숨을 몰아쉬고

숫자를 헐어낼수록
길은 창백하게 말려들어 간다

흐릿한 그녀는
속이 꽉 찬 가을걷이를 한 술도 뜨지 못하고
기침 소리만 허공 속으로 연신 감추고 있다

너덜너덜한 실밥 위로
생사의 경계를 넘나든 흔적이
어둡고 비릿하다

섬진강이 엎질러 놓은 수많은 강바람에
온통 물들어 자리 털고 일어선
어느 아침

꼼꼼하게 박음질 된 논두렁이
갑작스레 불을 당긴 것마냥 환하고

밥풀 하나 흘리지 않고 퍼 담은

안개 자욱한 들판이
손때 묻은 무늬처럼 정겹다

움막 같은 생을 끌고 가기엔
애터지게 가느다란
그녀의 발목

이제는 제법 짱짱해져
논바닥 갈아엎은
새날처럼 불쑥 튀어나온다

흐뭇한 날숨이 반짝거리고
캄캄한 벽을 향해 가늘게 누웠던
뜨겁고 애달픈 것들이
끝까지 쥐고 있는 하루,
그 만질 수 없는 것들이
볍씨처럼 자라고 있다

겹겹이 시침질한 아픈 추억들
논물에 섞여 옅어지고
깜박 졸다가 떨어진 햇발
이마를 스쳐 푸르름에 닿았는지

또 한 번 출렁이는

간절한 오월,

들녘은 터질 듯 빵빵하다.

-월간지 〈문학공간〉 특선.3

42. 석류

웅크리다 일어서며
손바닥 가득 푸르러지는
잎들이 하늘 받치고 있다

먹먹한 밤이 들어찰수록
순한 호흡 물어뜯기며
앙다문 입속 뎅겅거리는 된바람에
도무지 그칠 것 같지 않는 울분으로
멍울멍울 가득 박힌 동그라미들

매운 울음 서로 감싸며
고빗길 건너는 의로움들이
가지마다 싱싱하다

낯빛 창백한 오후,
흥건히 낮아져 가는 이름 석 자 물고
어둠을 내디디기 위해
턱뼈가 얼얼하도록 나아가지만
코앞에 낭떠러지는 다가와

한 걸음도 움직일 수 없다

무정한 비바람에도 더럽혀지지 않고
깊어 가는 눈빛들이 있어
안으로 치솟는 불길
천 갈래로 뻗어 나간다

아무도 모르게
총알 같이 단단한 껍질 가르고
터져나오는 둥그런 일출

춘파*의 가을이
저리 살아남아
붉다.

*춘파 서동일: 중랑구 망우역사문화공원에 잠들어 있는 독립운동가

-사이버 중랑 신춘문예 문학상 수상작

43. 독도 찬가

바람이 산책하다
잿빛 바람길 뚝 꺾어
잠시 쉬었다 가는 곳
자그마하지만 속 깊은 쉼터

비의 울음 타고 가던
철새들이 무심코 들렀다가
거의 다 시인이 되어 가는 곳

햇귀 이고 뒤늦게 찾아와
흘럭흘럭 멀미 펼친
가녀린 방랑객들이
아예 터잡고 살아가는 곳

고유종 터줏대감
섬기란초, 섬괴불나무
구겨진 손돌바람에도
품위 있게 한들한들
맨발의 주름진 역사를 논하는 곳

맨날
섬주인 되겠다고 아우성치는
큰두루미꽃들
서로 꽃발 디딘 채
하릴없이 끼득키득 키재기 하고

시시때때로 임꺽정처럼
반란을 꿈꾸는
왕호장군, 참소리쟁이
구멍 난 아침 저녁으로
서로 귓불 시린 눈알을 부라리고

너울 좋은 인위적 식재로
손님 대접 받으려고
호시탐탐 기회 엿보는
보리밥나무, 사철나무
다투다 말고 간신들의 뱃속처럼
어느덧 친해지고

야들야들 발달하지 못한 토양이라서
비는 내리지만 물 빠짐이 좋아
항상 목마른 그리움처럼

수분이 부족한 곳

키 작고 볼품 없어도
잎 두텁고 잔털이 많아
바닷바람에 잘 적응하기에
오늘도 시집살이 9년차인 양
건강히 잘 지내는 곳

너도 나도 멋자랑에 여념 없는
바다제비들 때문에
섬의 바위와 하늘은 너무나 시끄러워
하루도 조용할 날이 없지만
진정 살아갈 맛이 나는 곳

휘이휘이 휘파람 마시고
멸종 위기에 내몰린 가련한 새
뿔쇠오리는
어이할꼬
가련해서 어이할꼬

그래도
개밀이 있어

괭이갈매기의 왕성한 번식지가
되어 주니 그저 고마울 뿐

소리 되새김질하는 여름에는
깜짝 도요들이
찾아와 찰박찰박 위로해 주고

관절마다 쌓인 파도를 삭히는
손바닥만 한 겨울에는
말똥가리들이 들러서
화음 이루며 노래 불러 주니
좋아라

아무때나 찾아왔다
시린 곡선을 그으며 훌쩍 떠나 버리는
깍쟁이 나그네 새들
깍도요, 노랑발도요
그래도 고마워
울음 근처를 맴돌며
잊지 않고 이렇게라도 눈인사 해줘서

심심풀이 잔재미를

흘림체로 안겨 주는 곤충들
섬땅방아벌레, 어리무당벌레
없어서는 안 될
소중한 친구들이여

멍멍멍 무릎에 내려
수시로 부서져 나부끼는
삽살개 짖는 소리
향수 타고 날으니
가파른 감동의 전율이 흐르고

아깝게도
대가 끊겨 버린 강치가
야생의 눈물같이
간혹 그리워져 아릿아릿

한때
토끼들이 무리 지어
동화의 나라를 세웠으나
뒷꿈치 젖어 갈라터진
몰인정한 인위적 제거로
저리 눈물 뚝뚝

그래도 갯바위 저 달빛 아래
조피볼락 아직도 살아 있어
수평선 풀어놓은 가슴 외롭지는 않아
어부들이 자주 찾아와
낮은 포복으로 기어가는
된장국 끓는 꿈 얘기를 들려 주니까

자박자박 졸고 있던
인류의 노래들이 흘러가다
낭만자락 도돌이표처럼 펄럭이며
잠시 여백의 음표들을 덧칠하는 곳

서로 사랑하자
좋은 관계성이 한가득 모여
서로의 볼을 비비며
행복하게 사랑하자
바로 이곳
하늘을 떠받친 평화의 쉼터에서.

-독도 문학상 수상작

44. 단풍

아궁이 하나 없는데
방고래 같은 계곡마다
불길이 잘 들어가는 건
사내 때문이다
아니
사내의 때늦은 고백 때문이다

얼핏 보면
노총각인지 아저씨인지
도무지 알 수 없는 더벅머리 사내는
산등성이에 사는 처녀에게 편지를 쓰느라
가을이 저리 깊다

나무 밑동 같은 연필에 침 묻혀
들뜬 몸을 전하느라
산자락의 아랫도리가 뜨겁다

진득한 순박함으로
볼 붉히는 이파리들이

급기야 산맥을 깨우더니

미미한 파문 일으켜
웬만해선
바람소리에 귀기울이지 않는
처녀의 가슴에 불씨를 심는다

가지마다 파르르 떠는
처녀의 손끝
그 여린 떨림 하나라도
빼놓지 않고 받아 적으려는
나무 줄기의 팔뚝이 울뚝불뚝거린다

담장 같은 처녀의 숨소리를
몰래 듣던 산그림자가
수줍어 고개를 떨군다

늦깎이 열애에 열 올리는 사내,
잎사귀마다 와글와글
붉게 바람나는 바람에
여태 잠들지 못하고 있다.

-노계 문학상 시 부문 수상작

45. 꽃살*

스스로 코뚜레 한
남자의 간절한 날들
불판 위에서 달아오른다

육질이 연할수록
되새김질한 첫사랑의 기억은
늘 애잔한 법

꽃반지 끼워 주며
차마 하지 못한 고백들이
집요한 입속말로 벌겋게 떠돌고 있다

희고 붉은 저 상징들이
한 떨기 수줍은 꽃씨로
뿌리내리기를 기도한 적이 있었다

인연은 다해도
꽃은 꺾이지 않는다고
함부로 꽃은 시들지 않는다고

지글지글 불에 익은 외마디가
지난날의 모순과 뒤섞여
아픔 곱씹는다

끈적끈적 연기가 된 입속말들이
안부 묻듯
한참 동안 창문 밖을 서성인다.

*꽃살:쇠고기 등심과 갈비살 사이의 부위.

– 한미 문학상

46. 우화羽化 1

상수리나무 위에
목관 하나 놓여 있다

시커멓게 뚫린 등가죽에서
미처 빠져나가지 못한 온기들이 흘러나오는
매미의 빈 껍질

말랑말랑한 살이었던 슬픔이
먹먹해지는 시간은
이제 누구의 몫인지

날개를 얻은 바람의 몸이
초조한 듯 더디게
한때 흙이었던 무게를 구석구석 매만지고 있다

관 밖의 넘치던 말들이
몹시 그립고 낯익은 것에 사로잡혀
노을이 따갑다

적멸로 가는 저 뜨거운 움직임은
젖은 눈의 저녁을 따라
목 끌어안고 떨어지지 않는 소리 듣는다

허공에 새겨야 할 발자국은
이파리들의 울음소리에 목메어
자석처럼 붙어 있다

환상인 양 숨쉬던 거뭇거뭇한 손등에
묽어진 어둠이 눈물방울처럼 닿자
추운 하늘이 등을 떠민다
그만 가자고.

-안정복 문학상 은상 수상작

47. 우화羽化 2

이제 막
나무의 젖 뗀 아이들이
땅속에서 눈뜬다

아침해 친친 감은 저수지 빛이
수면에 붐비는 동안
잎마다 수집한 바람이 초록빛 날리면
제 몸에 내재된 더듬이로
밑동 타고 올라온 아이들

조마조마한 목마름 숨긴
나무의 가슴
실바람에도 화들짝 터지려는데
줄기의 벼랑 끝에 붙어 있는
어린것의 생사는 점칠 수가 없다

한숨 돌릴 만한 높이로 매달려 있다가
지상에서의 마지막 윤회 벗기 위해
빗장 걸어 잠근

정오의 시간 속으로 꽃피듯 걸어 들어간다

땡볕이 걸쳐 놓은 지루한 한낮이
막무가내로 흘러나오고
캄캄하고 추운 곳에서 들려오는
긴 기다림의 심장 뛰는 소리

공중은 멀고 아득한데
사방이 벽으로 둘러싸여
날개 없는 울음보가 터지고
찢어질 듯 팽팽한 고요 속에서
꽃구름 화관 쓴 목관이 되어 간다

숨소리 가득한 길들이 모두 사라지자
나무가 불러 주는 자장노래에
설핏 잠이 들면
등가죽 여는 소리 아름답게 피어나고
푸른 음표 문 아이들이 환하게 깨어난다.

– 삼보 문학상

48. 해마다 무궁화꽃

이맘때
떠난 그 사람
오늘도 기다린다

계절 앓은 꽃대궁 다시 밀어 올리고
기약도 없이 한쪽으로만 기울며
활짝 핀 슬픔 가만 가만 숨기겠지만
미처 감추지 못한 눈빛
어찌할 수 없다

붉은 화심花心으로
목울대 치고 올라온
산하마다
가슴에 피멍 든 꽃빛

북에 두고 온
고향 소식에
신열만 앓는데

귀먹고 눈멀어
슬그머니 몸져눕고픈
그해 그 아픔도
실핏줄까지 돋아난 꽃잎
끝끝내 피워 올린다

당신이 살아 있다는
한마디에
아,
파문처럼 번지며 피어나는
저 화관

울음으로 한생을 건너도
당신 만나는 그날
환한 꿈으로 피어나리.

− 6.25 호국 문예상 수상작

49. 밀물

입술이 닿는다
심해처럼 아득한 깊이

입술이
무채색의 오늘을 뒤흔들고 있다

바닷바람같이
망설임 없이 불붙는 온몸을
꽃의 피로 개종한,
이루어질 수 없는 긴 슬픔에
가시 숨긴 감각의 입술

넝쿨인 양 뻗어 오는 파도에
서서히 지워지고
사랑에 빠져 익사할 때까지
눈과 귀는 캄캄해지는데

둥글게 부풀어오르며
설탕처럼 반짝이는

노을빛 춤

사랑으로 빠져드는 경계에는
윤슬로 빛나는 올가미가 있어
하루가 백년 같은 아픔,
그 떨림의 덫에 걸려야 한다

겹쳐진 입술들이
물이랑마다 쌓이면
울음 끝은 고요해진다.

– 비엔날레 문학상 수상작

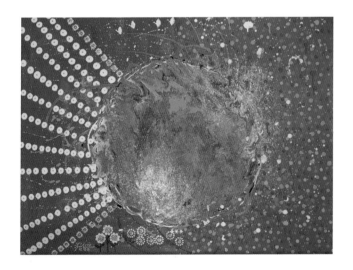

50. 흘수선*

시접 좁은 배들이
올 풀린 졸음 떼어 놓는 포구
새벽이 내밀한 물살 기웃거리자
눈치 빠른 갯내음이 고르게 솔기 만든다

뜯어진 수면의 팔꿈치
촘촘히 꿰매며
마지막 출항의 꿈
그 꽃잎 문양을 새기자
그물 길어 올리는 파랑파랑한 하루가
출렁인다

바다 한가운데서
풍랑에 실밥 터지는 저녁
귀항 날짜 맞대어 감침질해도
자꾸만 뜯어지는 봉제선

물의 안과 밖을
팽팽하게 줄달음질치면서

자투리 천의 고요를 밑실로 끌어올려도
힘없이 찢어지는 어부의 노래

찰박찰박 박음질하는
저 물의 바늘 속엔
긴긴밤 기다림이 들어 있어
허리 휘감고 도는 죽음의 입김 밀어내고
첫 별 뜨듯 집으로 오는 길 이어 붙인다

해진 물결 수선하며
파도의 밑단 접어 올리자
지문 닳은 병실 안으로
수평선이 잇닿는다

골무 낀 물의 걸음들이
뱃사람의 따스한 어망 오가며
한 땀 한 땀 깁는다.

*흘수선 : 배가 잔잔한 물에 떠 있을 때 선체와 수면이 접하는 분계선

- 동양문학 신춘문예 당선작

51. 회룡포

태극무늬로 휘감아 도는
강물의 낮과 밤이
항아리 속 고요 같은
섬마을에 귀를 댄다

장독대처럼 반질한 백사장
윤이 나게 달려 봄을 낚아채는
어린 발걸음들

턱수염이 거뭇거뭇 자랄 때부터
도회지로 나가고 싶은 울음은
해 질 녘이면 수북이 쌓여만 간다

푸른 숨소리 여는 바람은
예나 지금이나 웅숭깊어
논밭 서성이다 떠난 이름을 호명하며
굵은 햇살 한줌씩 켜켜이 뿌려 준다

한없는 기다림이

가슴 활짝 열어젖히는
그리움으로 찰랑거리면
저 먼 곳에서 산새들 날아와
들릴 듯 말 듯한 안부를 낳는다

세상을 건너오느라
무릎 깨진 밤들이
쏟아지는 달빛 끌어안고 제 속을 삭이자
물결은 눈부신 흰빛 물어 나른다

혀끝 환하게
저마다의 맛으로 익어 가는
새벽이 오고 있다.

– 삼보 문학상 수상작

52. 예천 내성천

'낮은 곳으로 더 낮은 곳으로'
이 화두를 가슴에 품고
참선하는 물의 마음들

합장하며
대웅전으로 향하는
새들의 울음소리가 절절하다

불심을 닦다 보면
강물에 닿는
누군가의 손끝만으로도
그 아픔 느낄 수 있어
물풀들은 물방울 염주 돌리며
기도한다

어둠 속에서도
물무늬처럼 얇은
등가죽을 곧게 펴고
달빛 받으며 정진한다

모든 유혹 뿌리치기 위해
하늘을 마주 대하고
면벽 수행한다.

– 한미 문학상 수상작

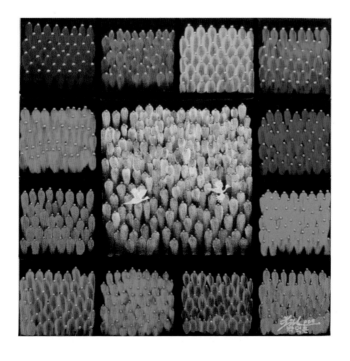

53. 전통재래시장

바닥의 힘으로 일어서며
길道을 내는 사람들이 있다

결국 도달해야 할 도道는
받는 것보다 더 넘치게 주는 것

사시사철 북적대는 장터는
풋풋한 고향이자 순례길이다

새벽보다 먼저 일어나
생선 냄새 땀냄새 몇 겹으로 두르고
손때 묻은 어제를 흔들어 깨운다

졸음이 몰려오면
바다가 희미해지지 않도록
갈치 고등어에 얼음 끼얹어
모기향을 향불 삼아
다시 정진한다

등 꼿꼿이 세우는 기다림으로
道를 익히고 또 익히며

팍팍한 사연에 손끝 시린
아픔들 손잡아 주며
덤으로 이것 저것 챙겨 주면
봉지에 담긴 온기가
냉기 서린 하루를 일으켜 세운다.

-모산 문학상 대상 수상작

133

54. 가을 황사

사자 돌림의 신랑감 있으니
올해가 가기 전에 결혼해야 한다는
중매쟁이

맞선 장소는
새소리 틀어놓은
희뿌연 산 카페

멀리서부터
모래바람 일으키며 말 타고
바다 건너오는 예비 신랑감

유목민의 떠도는 피 물려받아
바람의 목소리 닮은
저음의 베이스는
어깨에 활을 매고 오고 있다

첫눈에 반해
하루도 거르지 않고 이어진 만남은

목이 따끔거리고 피부가 간지러운데

대륙에서 가져온 악기를
연주하는 저녁 속으로
단풍잎 처녀는 저리 붉어져 간다.

– 시문학상 수상작

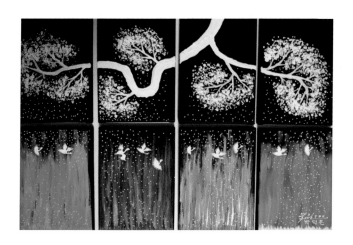

135

55. 엄마의 손

음식점 전단지를
집집마다 뿌린다

수없이 퇴짜 맞았던 나이를 들고
현기증 타고 오른 계단,
그 끝에서 신장개업 알린다

한 번도 그 식당의 요리
맛본 적 없는 녹색 테이프로
혀 꿰뚫는 미각을
동네마다 붙인다

당신도 왕이 될 수 있다며
메뉴판에 적힌 지름길을 안내하고
365일 공주처럼 더 좋은 서비스
받을 수 있다고 말한다

축하 화분처럼 활짝 웃는
음식들을 대문에 붙이자

4인 가족의 행복이 싱싱하게 되살아난다

고향의 손맛으로 코팅해
모든 입에 맞다는
저 음식들은
아버지의 빈자리로 허기가 올라온
밥상에도 안성맞춤일 것 같다

까탈스런 입맛도 사로잡을 수 있다며
골목의 빈 장기臟器를 채우는
사포처럼 거친 손.

-한강 문학상 수상작

56. 저녁의 버릇

술
좀
적당히 마셔

남편은 불길 당기는
잔소리에 데인 듯
봉지에 안긴 삼겹살 한 근 툭 내민다

바가지 긁는 것은
할머니가 물려준
씁쓸한 영역

먹여 살려야 할 입이 많은 옆집 아저씨가
제 입 하나 간수하지 못해 음주 운전 했다며
아내가 눈쌀 찌푸리자

고추가루 확 뿌린 돼지고기는
팔팔팔 소리 지르며
맞장구친다

찌그러진 냄비처럼 술기운은
밥상 앞에 앉아 반성한 듯
졸다가 고개 떨군다

왕성한 숟가락들이
고기 한 점 먹기 위해 달려들고
가슴 밑바닥이 까맣게 타
두통약의 시간으로 떠 있던 눈길은
손등을 찰싹 때린다

흠칫 눈뜬
헛기침소리로
뜨끈한 국물 한 수저 뜨자

매운 연기 드나드는 참견은
따스한 염려처럼 뽀글뽀글 부푼
김치찌개를 남편 쪽으로 잡아당긴다

얼큰하고 시원한 맛은
금방 바닥이 드러나는데
탄내 가시지 않는 아내의 입꼬리는
점점 달아오른다.

- 황금펜 문학상 수상작

57. 양파

사랑을 멀리 떠나보내고
그녀만
홀로 방에 남아 있다

얼마 전 그와 함께 시장에서 산 추억,
들여다보는 손길 없어
상처 입은 어둠 속에 그대로 있다

겨울이 다 가도록 꼼짝도 하지 않는데
미동 하나 없이
푸른 싹을 조금씩 밀어올린다

그리움을 꿈꿀수록
속내는
거칠게 몸부림치고

온 힘을 다해 뻗어도
닿을 수 없어
삐쩍 말라간다

독하게 씹히는 그 매운맛을
푸석푸석한 거죽으로
집요하게 감추며

숨소리로만
덩그레 창 곁에 앉아 있다.

- 황금펜 문학상 수상작

58. 가을

전생에 적진 향해
돌격했던 시절
붓으로 되살아난다

무인의 기질 감출 수 없어
험준한 산맥 뛰어넘는다

산의 정수리에서
강기슭의 발뒤꿈치까지
온통 붉음으로 물드는
영토를 넓히기 위해
남쪽으로 진격한다

바람의 말을 타고 달리는
수만의 병사 앞에서
맥없이 무너지며
정점으로 향한 단풍의 떨림이
산능선을 타고 번진다

남으로 남으로의 돌진은
어찌할 방법이 없어
방어선 뚫린 잎마다
빠르게 색을 덧칠한다

뼛속까지 용사인 그들이
숨어 있는 자들을 찾으러
바다 건너 섬으로 간다

말발굽 소리와 함께
핏빛으로 타오르는 절정이
오히려 아름답기만 한데

눈보라로 배수진 치며
창끝 겨누는 붓의 눈빛이
서늘하다.

– 유관순 문학상 수상작

59. 스틸아트와 호랑이

영일대 해수욕장 산책로에는
호랑이의 기억을 품은
금속 조각상들이 있다

어릴 적 머리가 아파오면
할머니는
관자놀이에 호랑이연고를 발라줬다
호랑이 뼈로 만든 거라
나쁜 것들을 몰아낸다면서

그때부터 상처를 치유하는 힘은
호랑이에게 있다고 믿었다

어느 날 호랑이는
마지막 땅에서조차 내쫓겨
그만 금속의 반짝임 껴입고
뜨거운 쇠의 동공 속으로
막무가내로 뛰어들었다

천 도가 넘는 불꽃으로
어둠의 동굴에서 자란 슬픔을 녹여
포효하는 발자국들을 불러냈다

마침내
새로운 종種으로 완성되어 갔다

아픔이 깊어 퀭한 눈의 파도 소리처럼
상처가 덧난 사람들이 이곳으로 모여들어
조형물의 색과 선으로 다가오는
호랑이의 기억을 만나 위로 받고 있다.

– 비엔날레 문학상 수상작

60. 봄의 재개발지구

노후된 겨울로
절반쯤 허물어진 이월의 빈집들

세입자들이 무더기로 빠져나가고
눈보라 막아줄 지붕까지 망가지자
계약서 위로 살얼음이 깔린다

돌풍과 우박이 교차하는 틈으로
안부 없는 환청을 헤매다
뼈만 앙상한 대문은 검버섯이 가득하다

바스라질 듯 야윈 햇살 창고에
응달은 서슬 퍼런 불황을 부려 놓아
마을은 휑한데
어느 날 갑자기 떴다방이 뜬다

야반도주한 누이의 흉흉한 소문을 덮고
복부인들이 몰려든다
그 사이 남풍의 기압골은

서서히 북상하고 있다

중개업자는 한방을 노리는
뱀의 꿈같은 뒷골목보다는
나비의 날개가 자라는
큰길가를 권한다

떠날 곳이 마땅찮아
눌러산 매화 노총각은
입주권 받아 장가갈 생각에 설레고
딱지를 사고파는 바람까지 불어와
새날은 화르르 피어난다.

- 시인마을 문학상 대상 수상작

61. 꽃무릇

세상을 바꾸기 위해
계절의 틈새 비집고 터져 나오는
구월 당에 입당한 발레리나

발목 잡는 정책들은
이리저리 방해되어
통증 키우는 잎은
틔우지 않기로 결정한다

벌과 나비의 생존권 보장해 주기 위해
서정적인 최저임금의 초록 꽃대를
꼿꼿이 올려 고정시킨다

지난가을이 가려운 꽃받침도 없어
긴급 내각을 구성하는
가늘고 긴 수십 개의 발

개혁은 빠르게 진행되도록
허공 향해 발끝 모으는 동작들은

그늘마저 짓밟힌 어둠 속에서도 계속된다

제 몸 둥글게 감아올리며
스스로가 먼저 달라져야 한다고 말하는
낭만주의 사회운동가

딱딱한 좌익과 우익으로는
모두가 존중받는 붉음이 완성되지 않아
해와 달을 온몸에 두른 새소리로 법안 만든다

살맛나는 내일을 위해 토슈즈* 신고
위태롭게 바람 창살 꽂히는 공중에서
춤추고 있다.

*토슈즈;발레리나가 신는 신발

- 시인마을 문학상 대상 수상작

62. 누구의 발자취입니까

차가운 뚜껑으로 가려진 단칸방에
마감일 멱살 잡혀 야근한 작업복과
반항기 물든 청바지 어색하게 앉는다

물줄기 내리치자 서로의 몸 맞닿아
난생 처음 함께 있는 아들과 그 아버지
어긋나 비껴간 길이 뒤엉키며 꼬인다

얼룩진 갈등 사이 한 스푼 세제 넣어
오해를 풀어 가는 꽃거품 피어나니
수없이 솔기가 터져 잠 못 든 밤 씻긴다

멍들고 부어오른 생의 밑단 헹궈내면
웃음 소리 쏟아지는 오후가 콸콸하다
오지게 햇살에 묻혀 화사해진 마음들.

- 만해 한용운 백일장 수상작

63. 곶감 말리기

할머니 손을 거치면
땡감은 그야말로 알몸이 된다
때묻은 옷을 벗어 버리고
배짱 좋게 햇볕 아래
성큼 나선다

친구들끼리 어깨 맞잡고
속살들끼리 얘기 맞물고
오순도순 잔정을 주고받으며
도란도란 속엣말 나눠 가지며

땡감은 새로운 모습을
애타하며 하루를 보낸다
부끄럼없이 살아갈 날들을
꿈꾸며 눈부신 하루를 보낸다.

– 계몽사 아동문학상 수상작

64. 지퍼

엄마는 내 점퍼의 지퍼 올려 주면서
세상살이는 한 번에 채워지는 법이
없다고 말씀하신다

살면서 어긋난
지퍼의 낱알
감정의 낱알
사랑의 낱알
어긋난 낱알들로는 채울 수 없는 밤

산다는 건
지퍼의 낱알들이 서로 맞물리며
채워지는 것과 같아서
오늘도 엄마처럼 두 손 맞물려
기도한다.

-황금찬 문학상 수상작

65. 꽃샘추위

답답하다
분명 깨진 꽃밭은 있는데
범인을 알 수 없다

담장 위에는
담을 넘다 찢어진 어둠의 옷자락이
하얗게 비웃으며 너덜거리고 있다

잠귀 밝은 모종삽은
감기몸살로 끙끙 앓아누워
아무것도 못 들었다고 한다

감나무가 잠결에 비명 소리 들었다고 하자
마당이 신경질 부리며
잘못 들은 거라고 윽박지른다

여기저기 낭자한 핏자국 가득한데
발자국 하나 남아 있지 않다

꽃밭의 지문 들고
경찰서를 찾아간다

골목 CCTV에서
찬바람을 풀어놓은 속력이
거칠게 허공을 날뛰다가
담을 넘고 있다며 놀란 경찰

하얀 눈 모자를 쓴 그는
3월만 되면 봄의 코뼈를 부러뜨린다고 한다

매번 타이르고 야단쳐도
막무가내인 십대라고 한다.

- 금암문학상 대상 수상작

66. 바람은 시간을 털어낸다

때까치 울음 같은 바람이 되었다
피가 잉잉거리는 질퍽한 길을 따라
줄무늬져 오는 석양빛을 뿌리치며 갔다
동산의 축축한 시간을 털어내자마자
깃털처럼 부서져 내린 취기
계속 바람은 달렸다
흙구덩이에 잠긴 심호흡을 딛고
얼기설기 털 돋친 삶의 음계를
한 꺼풀 한 꺼풀 벗기면
포도시 속살 벗는 산맥, 그 등성이를 털어낸다
점점 소슬한 진펄에 밀리는
육신肉身의 몸부림 몇 점,
우적우적 깨물어 먹고 질근질근 깨물어 먹고
노자 한 푼 없이 한사코 가라, 바람개비같이 돌며 가라
숭숭 구멍 뚫린 갈림길로
머슴살이 손때도 쌍심지 돋은 자존심으로 씻으며
달음박질로 가라, 기지개 켜며 치달려 가라, 얄미운 바람
자박자박 바람은 지쳐 달렸다
둔탁한 발걸음 소리 질질 끌어 데불고

변두리 샛길로 접어 들면,
쑥대머리 동네 아이들의 헛웃음소리, 히히, 헤헤
그 사이를 비집고 기어코 끼어 드는
아내의 육자배기 가락 몇 올,
파닥이며 돌아눕는 죽은 아이의 부르튼 울음소리,
갈앉아 조상의 산맥을 더듬어 헤매는
노모의 녹쉰 염불소리,
와르르 쏟아져 내려 별빛같이
개구리 울음밭에 뿌려졌다
바람도 숨을 멈춘 채
벼포기들 사이로
시름시름 자맥질을 하면서
바람은 시간을 털어낸다.

67. 누이야 누이야

갈밭 모서리에 비켜 서서 울어쌌던 누이야
한아름 치마폭으로 텅 빈 뻘밭을 가리고 서서
갯물에다 한사코 술통의 때 매듭을 헹궈쌌던 누이야
머리 풀고 몸져 누운 풀꽃 더미 공동산에서
흔들어도 소리내지 않는 아이의 눈빛 속에서
조막손만 한 마음밭을 일구던 때를 기억하는가
누이야, 산실에 벗어 둔 고무신을 끌어안고
휑한 젖가슴에 얼굴 묻은 채
챙겨야 할 호흡도 잊고 서서
마냥 그렇게 울어쌌던 누이야

여긴 머언 나라,
멍멍한 가슴 위를 동동 깨금발로 건너뛰면
어슬어슬 찾아드는 한숨 같은 울음결,
눈 흘깃 쳐다보고 달빛 몇 올 허공에 걸어 놓고
돌음길로 돌아 돌아오는 외진 오솔길
바들거리는 두 손 안으로 안으로 곱아쥐고
초가집의 녹슨 문패마다
꽁꽁 두드리는 얼룩진 마음같이

저녁이다, 누이야, 어스름졌어
헝크러진 새벽잠을 부엌에 부리고 나와
구겨진 하늘을 멀거니 올려다보는 누이야
껍질만 수부룩한 아쉬움 한 사발
문지방에 덜렁 떠놓아 두고
핑 돌아서 가는 누이야
젖내 나는 길을 가다 말고
바람 속 거풍 같은 아이의 울음소리로
찔끔찔끔 옷을 추스르는 누이야, 누이야
추억으로 물들어 가는
솔내음 짙은 황톳길 위,
발자국마다 묻어나는 목마름의 빛깔들처럼
서투른 몸짓으로
언덕길을 오르고 또 오르는 누이야

이제,
쏠리는 계절의 들 끝을 돌아나와
정갈한 마음깃을 세우고 서서
살아 있는 눈빛으로 살아가는 누이야
벙근 기억의 외짝문에 바짝 기대어 서 있는
아침 햇살처럼 늘 그렇게
살아 있는 누이야, 누이야.

68. 외출外出

오늘은 우리 넉살 중에
싱싱한 외출 한 번 해보도록 하자
중얼거리던 생명줄도
칭칭 감아 챙겨 들고
이물스런 의족義足도
어깨춤으로 끄싯고
에헤야 어절씨구
푸성귀 같은 일상 생활일랑
등테받이에 꾹꾹 쑤셔 담고
단발마 같은 성깔일랑
다리미질로 쓱쓱 문질러 버리고
에헤야 두리둥실
이무기돌 틈새에서 홰애 홰애
잊혀던 풍뎅이 활개도 되찾아
주막의 취기처럼
서로의 빈 잔 으밀아밀 채워 주며
에헤야 덩더더쿵
죽정이들끼리 귓불 맞부비며
물이랑져 흐르는 우리들의 젖줄 찾아

써레질로 까시락 허물도 잠재우는
우리들의 선산 발치 향수 찾아
에헤야 어허덜싸
우리 오늘은 주눅 좋게
깐깐한 외출 한번 해보기로 하자.

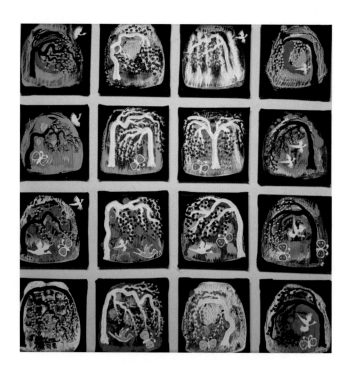

69. 맥脈

바람에 둘둘 말리는 꽃내음,
실오라기로 등 대고 돌며
솔솔 끊길 듯 다시 밀리는
마음깃 그늘 속,
향내야, 무늬 지은 봄빛 마을
재 너머 모퉁이에 웅크린 향내야
겹겹 접힌 돌 밑 삶의 꾸러미를
실낱 한두 가닥 추리듯
아지랑이로 펴서 떠들썩 펴서
얕은 담 위로 훅훅 불어 날려라
잡힐 듯 떠밀리며 맞물어 줄 서는
뜻밖의 아이들, 투박한 아이들
파묻힌 사연들만 불쑥불쑥 되살아 나고...

빈 목소리만 살아 남아 잠든
골짜기 낀 섣달 그믐날,
끊길 듯 다시 밀리는
마음깃 그늘 속,
겨우내 울 안 장독 곁에서만

가슴도 없이 눌러앉아
가는 호흡 빠꼼이 살아온 향내야
골목 깊이 긴긴 어둠 속 침묵 깨치고
가쁜 열기 전하듯, 향내야
맨발로 우뚝 바람소리 딛고 서서
골 가득 한바탕 크게 웃어라
잡힐 듯 떠밀리며 맞불어 줄 서는
눈물 어린 아이들, 목마른 아이들
잊혀진 기억들만 불쑥불쑥 되비쳐 오고...

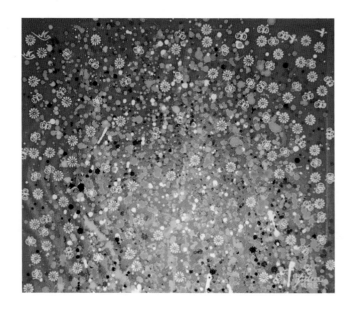

70. 회상回想

시므온,
별들의 입김으로만 자란 당신,
가을만 되면 기어코
추억으로 피어나십니다

연燃의 껍질을 뚫고 나와
깨물어 마침내 부르터진
그런 아픔 같은 당신,
꿈길로도 되집어 오지 못하는 기다림 땜에
무지개처럼 줄곧 달리기만 하십니다

세월도 구름다리 진 절벽을 건너 건너
혼백의 숨소리 되어
살며시 귓전에 되돌아오신 당신,
가슴 복판에서
연하디연한 노래로
문득문득 부서지십니다

가을, 겨울, 봄, 여름,

다시 가을,
지금도 저렇게
산기슭 달빛 머금어
비탈지게 울음 우는 풀벌레 소리는,
시므온,
그것은 차라리
맥박 없는 당신의
긴긴 넋두리의 흩뿌림이십니다.

71. 을숙도

북서풍의 노랫가락
도처에 무성하게 흘러들면
술청도 없이
주막은 분주하다

팔백 리 걸어 걸어
실어온 모래로
터 다진 주막집

계절의 절반을
나그네랑 살지만
가벼운 보따리 한번 싸지 않는다

기다림이 반가운 철새들이
배고프지 않게 숟가락 닮은 갈대
성큼 쥐어 주며 산다

발 빠른 안부는
바람에 베이는 일 없어

툇마루에 올라앉아
노을 끝어당겨 참방거린다

누군가를 맞이하는 일은
지문 닳도록 아픈 속내 끌어안는 일이라서
서릿발 같은 제 속 비우며
갯벌은 넓고 평평한 가슴 열어젖힌다

여기까지 오는 길이
서로의 심장 맞댄
강과 바다를 눈물겹게 새기는 것

모래섬마다 울컥 뜨거워지며
밤이 밀려든다

매운 날갯짓 내려놓는
겨울 숨결들이
곁으로 모여들자

아랫목 같은 갈대숲에 누워
온몸 녹아드는 달빛 덮어 준다.

72. 부둣가 노점상

도로의 해수면까지 올라와야
비로소
숨쉴 수 있는 활어 한 마리

숨구멍 같은 좌판이 열리면
곁눈질로 힐끔 쳐다보며
물풀들이 걷는다

어쩌다
일제히 창던지기하는 가압류 딱지
그 작살에 맞아 상처는 덧나고

빙하기 같은 풍경을
빠져나오려는 듯
야윈 지느러미가 허공 휘젓는다

따스한 곳 향해 물보라 일으키는
젖먹이 천리향 키우고 싶어
충혈된 눈으로 해협을 달리지만

돌아오기 힘든 저주파들

사는 일은
격랑 멈출 때까지 숨죽이는 게 아니라
수평선으로 올라와
질퍽한 아픔을 내뿜는 것

깊은 바다는
빛 잃은 심장들의 정류장이어서
천근의 수압 견디며 잠든 어린 물고기,
끊길 듯 깜박거리는 멀고 먼 꽃향기 끌어당겨
골방에 허열처럼 드러누운 가슴께까지
덮어 준다

쓸쓸함이 일몰처럼 묽어져
저녁은 서둘러 안부 거둬들이지만
빠진 이빨 사이로 쉽사리 어둠은 젖고

오래된 바닷길 한 봉지씩 건네며
캄캄하게 녹슨 유영遊泳
조금씩 뜯어낸다.

73. 안개

너는
갓 태어난 향수의 날갯짓,
스멀스멀 물보라 속을 꿰어 가다가
돌팔매질당한 새처럼 가슴 두근거리며
하늘로 하늘로 날아 오른다

희살짓는 바람소리가 몰려가듯
식은 땀 탁한 빛깔로 묻혀 가다가,
묵묵히 낡은 외투자락을 벗기듯
앙상한 추억들이 사라지면서,
햇살이 물 흐르듯
갈라진 목청을 푼다

오랜 망설임의 골방을 돌아 나서듯,
산자락을 그늘로 적시면서,
빈혈 같은 맥박을 흔들어 달싹이듯
허울 같은 맥박을 흔들어 달싹이듯
허울 벗은 여울 물소리 되어
숨가쁘게 시간의 빈자리를

휩쓸고 지나간다

갈증들도 때마침 무더기로 돋아나고
부끄러운 과거의 앙금들도
산자락에 자꾸만 묻어 내린다

침묵이 흐르고 말면 그뿐,
아무에게도 말할 수 없는 자리...

때에 절은 일상을 휘어감고 살 듯
물오른 꽃송일 바라보다가
칡덩굴로 얽어 핀 꽃송일 마주보다가
천 갈래 만 갈래로 찢어 얽어 핀 꽃송일 노려보다가,
한 움큼 훑어내어 하얗게 핀 꽃송일 뒹굴어 안고
산등성이 살가죽 위에 흩뿌려져 핀 삶이여
눈부시게 조여드는 아내의 눈빛같이
희뿌연 햇살, 그 햇살로 핀 생이여
해묵은 이야기들 털어내리며
빛바랜 소식들 씻어 내리며
귀가를 서두르는 서민의 마음으로
귀향을 조마거리는 떠돌이의 심정으로
한꺼번에 한꺼번에 피워 오른 정이여
맘 놓고 맘 놓고 피워 오른 넋이여.

74. 말뚝

바다를 밧줄로 휘감고
조여오는 비바람에
투두둑 끊어질 듯 차가워진
아버지의 한숨

나이테로 고여들며
물기 많은 자국으로
번진다

부르르 떠는 줄 잡아당기자
어린 자식들이 주르룩 딸려 나와
졸음과 짜증에 절은 뱃속도 잊은 채
갯내음 터뜨린다

하얀 칼끝 밀어 넣는
풍랑에 쫓길수록 일어서는 뱃노래
재갈 같은 생과 맞선다

한자리에 붙박혀

짠내 나는 맷집 키운 후
타오르지 못한 물길 조금씩 연다

뒤집어엎겠다는 듯
앞발 치켜든 파도 소리
똬리 틀어도
등에 힘을 주며
만선의 저녁을 둘러멘다

팽팽하게 외줄 친
수평선 끝에서 노을이 풀리자
어스름처럼 한평생 속이 다 타 버린
빈몸 하나 둥글게 깊어진다

개펄에 스스로를 묶어
기꺼이 검게 박힌 기둥
비릿한 달빛의 여린 부리
닦아 주고 있다.

75. 걸어 걸어 찾아온 성지

수백 리를 걸어 걸어 찾아온 성지,

알고 보니 그대 품안이었습니다

멀리서 떠오르는 태양이

휘파람 소리로 쓰다듬습니다

자갈길을 걸어 걸어

애써 도착한 성지,

그러나 그곳엔 회오리바람이 살고 있었습니다

환상의 선인장까지 살고 있었습니다

애달픈 계단을 만들어 놓고 올라가

뜨거운 기도를 올립니다

피리 소리 따라

순례 여행의 끝에서 춤을 춥니다

앞에는 불바람과 절벽이 가로막아 섭니다

연기는 쉴 새 없이 주문을 외워댑니다

탄탄한 다리가 신의 소리를

마구잡이로 실어 나릅니다

밤새 춤을 추며 눈부시게

축제의 밤을 맞이합니다

성스런 피를 뿌리며

신의 나라를 형형색색으로 물들입니다
뛰고 뛰는 사이에
영혼의 고향이 불쑥 다가섭니다
수백 리를 걸어 걸어 찾아온 성지,
이제 보니 그대 사랑이었습니다.

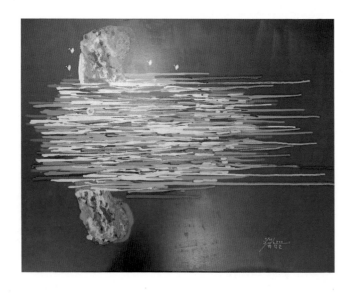

76. 향수

고샅 모퉁이에 두름 엮듯
내리쏘는 칼바람 엮어
오래도록 참으로 오래도록
가슴깃 속에다만 키워 온
팽만한 응어리 실타래
물동이 속 하늘에다 풀어 담고
새벽길을 걸어간다
갸름한 흙내음 따라
어기적어기적 논두렁에 내려서자
짚히지 않는 아픔의 무게가 물씬
고무신 가득 고인 울음을 휘젓는다

잡풀 무성한 칡꽃 울타리만큼
넉넉한 울음으로 울음타래를 풀어 울음 우는
무덤가 남편의 이슬밭이여
탱자나무 가시같이 차운 바람이
카랑카랑 흘리고 간 긴긴 추스름 끝
한 사발의 소주 따라 놓고 쓰러지며 울고
달빛 몇 자락 휘영청 치마폭으로 감싸 안으며 뒹굴어 울고

어둠 가득 혈관을 타고 흐르는
서릿철 바람 소리들
한 필 두 필 뒷걸음치는 새김질로
한恨을 누벼 간다.

77. 바닥의 힘

산길 걷는데
길 한가운데 피어난 질경이꽃이
유달리 예쁘다
발길이 잦은 곳이라
잎사귀 같은 온몸이
발길에 채여 멍들고 아팠을 텐데도,
꽃은 아픈 내색 없이 활짝 피어 있다
독 오른 뱀처럼
대가리 꼿꼿이 치켜든 신발이 다가오면
질경이의 심장은 오그라든다
뒷목이 뻣뻣해진 잎사귀 짓밟아 뭉갤 때마다,
질경이는 두 눈을 질끈 감는다
활짝 핀 아픔을 제 꽃빛에 숨긴 채
질경이는 꽃을 피우고 있다
바닥에 기대어
아파하면서 울면서 용기 내면서,
다시 일어설 힘을 키운다
어느 날 문득
바닥으로 내팽개쳐졌다고 생각했는데,

뒤돌아보니
웅크리며 떨고 있던 나를
바닥은 감싸 주며 품어 준 것처럼
뜨거운 바닥이 피워낸 질경이꽃으로
길은 온통 환하다
사랑이 꽃피어나듯
바닥에서 시작된 초여름이
오늘따라 유달리 출렁거린다.

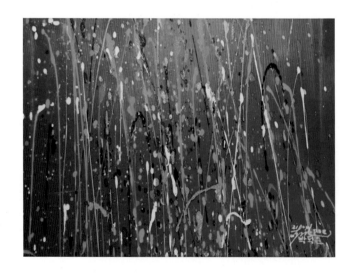

78. 다림질

꽃무늬 셔츠에 물을 뿌린다
옷장에서 오래 묵힌 탓에 꽃들은 목이 칼칼했는지 순식
간에 물을 빨아들인다
소맷부리와 어깨 쪽에 각을 잡은 후 다림질한다
소매에 칼주름 잡기 위해 조심스럽게 꾹꾹 눌러 다린다

이중으로 주름이 잡혀 있다
이중 주름은 두 개의 고집이 한 치의 양보도 할 수 없다
는 듯 날을 세우고 있다
저 두 개의 고집처럼 날 선 그날의 기억이 떠오른다
소매의 이중 주름 위로 물을 흠뻑 뿌린다
추억 속에 들어올렸던 가운뎃손가락처럼 뻣뻣한 주름이
물에 젖는다
그날의 날 선 고집을 내려놓은 듯 물기 머금고 있다

꽃무늬 셔츠를 다린다
감정의 허세에 빠져 허우적거렸던 지난날을 다린다
꼬깃꼬깃 구김 많은 마음을 다린다
다린다는 건 구겨진 기억을 펴서 새로운 길을 찾아가는 것

소매 끝에서 주름지며 이울어 가는 꽃잎이 다시 화사하
게 피어난다

비 내림 끝의 눅눅한 한낮을 다림질한다
오후의 열기가 점점 뜨거워지고 있다
텔레비전에서 쏟아지는 댄스풍의 노래로 다리고 있는지,
창밖의 하늘은 발랄하게 반질반질하다.

79. 수건

수건은 온몸이 귀다
작고 동그란 올이 귀모양 같다
저 수만의 귀가 물소리에 붙어산다
어두컴컴한 청력의 한밤중에도
수건은 철썩이는 물의 꽃에 눈을 뜬다

온몸으로 물의 악보를 쓰는 날
새벽을 철썩이는 물의 후음이
풍경 속으로 뛰어든다
그때 어둠의 수압으로 봉인된 아침이
깨어난다

수건을 각 잡아 개는 것으로 하루를 연다
수건의 어긋난 각들이
둥근 물방울체 문장을 온전히 읽지 못할까 봐
반듯하게 각을 잡는다
한 번 읽은 물의 일대기는
다시 읽을 수 없기에
수건에 물기 스며들기 전에

각이 잡힌 반듯한 태도가 필요하다
수건은 칼각의 준비된 자세로 바구니에 놓여졌다

멀고 가까운 물의 말들을 가슴으로 받아준 수건은
그 어떤 울음 섞인 사연도
서러워 짙은 하루도 다 품어 준다
수만의 귀를 가진 수건은
닦아 주고 또 닦아 주는 방식으로 경청했다
몸을 닦고 발까지 닦은 후에는
바구니에 던져지는 방식으로
마지막 경청을 마무리 한다
그때 바람은 개운하다고 말한다

수건은 귀를 열어
둥근 입술에 에워싸인 말의 빈집들이
환하게 불을 켤 수 있도록 도와준다
상대의 입술이 길게 넓은 말들을
팔랑팔랑 말의 체온이 올라가
자유롭게 웃고 떠들 수 있도록 멍석을 깔아 준다

엉덩이에 눌린 뒷면의 수다가
한 바가지의 따뜻한 물에 긴장을 푼다

손끝은 야무져 복숭아뼈에 붙어 있는
말의 속살 같은 하얀 살비듬까지도 귀기울인다

마당으로 나갔더니
빨랫줄에는 수건이
수만의 귀로 바람을 입고 있다
야무진 손끝 같은 햇살이
수건의 등을 쓱쓱 밀어 줬는지
뽀송뽀송하다
아침 저녁으로 물의 말을 과식한 수건이
이제는 제 안의 속엣말을 다 꺼내 놓았는지
개운해 한다

때론 수건은
추스르기 힘든 분노처럼 구겨져 있다
그때는 수건 끝을 팽팽하게 잡아당긴 후 갠다
수건의 등을 밀어 줬던
야무진 햇살의 손자국들도 반듯하게 개어
선반에 차곡차곡 쌓아올린다
그제서야 경청하는 자세로 수건들이
일제히 귀를 열어놓는다.

80. 걸음의 방식

지나왔던 길을 되짚어보면
수많은 걸음들이 보인다
홀로 서기 위해 아등바등했던
청춘의 걸음이 보이고,
어지러운 슬픔 안고도
자식을 키우기 위해 바들거렸던
중년의 걸음도 보인다
그 걸음들이 모여
사랑이라는 집을 짓고 삶의 탑을 쌓으며
여기까지 왔다
생각해 보면,
생의 전환점마다 걸음의 방식은 달랐다
현실로부터 몸을 숨기고 싶을 땐
땅에 발을 채 내딛지 않고 도망치듯 걸었다
그러다 일이 잘 풀릴 때면
아침의 걸음처럼 가볍고 산뜻하게 걸었다
가볍게 반짝이는 걸음은
어둠의 지층을 뚫고 올라온 기쁨이요
시작을 대하는 설렘이었다

저녁의 걸음은
세상의 모든 생명들을 집으로 돌아가게 했다
하루를 끌고 오느라 피멍 든 노을의 걸음이
모든 걸 내려놓고 비우는 때도 이때쯤이다
노을은 한 벌의 침묵을 걸치고
참선하러 들어간 스님의 뒷모습 같다
낙엽 위로 어스름 끌어와 덮어 주는
늦가을 노을의 걸음은 따스하면서도 쓸쓸하다
인생의 늦가을인 노년으로 접어들면서부터
노을의 걸음을 익혀야 한다
일몰처럼 갑자기 생의 시계가 멈출지라도,
후회하지 않도록 마음을 비우며
영혼이 여린 생명들을 포근하게 품어야 한다
노을은 비움의 빛깔로 여린 것들을 감싸며
누군가의 가슴에 따스하게 다가간다
여생도 노을의 걸음처럼
그리됐으면 좋겠다
해가 지고 있다
저녁 위로 노을이 붉게 걸어오고 있다.

81. 봄비 오는 날

뜨락에는 지금
윤기 나는 봄비가 주룩주룩 내리고 있습니다
토끼풀과 제비꽃이
상기된 꽃불로 하늘을 우러르고 있습니다
앵두나무에는 나눔잔치가 한창입니다
잿빛 새들이 날아와
솜씨 좋게 앵두를 따먹고 있습니다
배부르면 앵두 하나를 입에 물고
이웃집으로 포로롱 날아갑니다
일단 전홧줄에 앉았다가
옆으로 걷는 동동걸음으로 처마 밑을 향합니다
아마도 그곳에는 새끼들이 입을 크게 벌리고
엄마 사랑을 기다리고 있는 모양입니다
방 안에서는 오래도록 귀에 익어 편안한
옛 노래가 온종일 사근대고 있습니다
그대의 창문에도 저 빗소리가 들리겠지요?
안타까움을 입에 물고 맨발로 다가서는
초조한 저 발걸음 소리도 들리겠지요?

82. 둑과 강물과 자유

생명의 근본 바탕은 무엇일까요?
세포일까요, 유전인자일까요?
아니면, 물 또는 피일까요?
자유라구요? 그래요?
자유의 희구 속에서만이
인간은 창조적일 수 있다구요?
아무도 자유로와짐이 없이는
위대해질 수 없다구요?
그렇게 생각하는 그대여,
내가 누군가에 예속되어 있지만,
그걸 알기 때문에 더 자유롭다면?
시와 자유가 한 자매라면
예속과 자유도 한 형제이겠지요
자유를 통하여 사람은
비로소 만물의 영장이 되듯이
예속을 통하여 나는
비로소 연인이 될 수 있었답니다
둑이 없고 어찌 강이 있겠습니까?
오로지 둑 안의 예속 속에서만

나의 자유와 사랑은

비로소 존재 가치를 얻는답니다

나에게 있어 유일의 가능한 자유란

죽음에 대한 자유일 뿐입니다

그대여, 나를 자유롭게 하기 위해서라도

나를 떠나려 하지 마십시오

이대로 그대 안에 머물러 있게 놔 두세요

그대라는 둑에 볼을 부비며

한가롭게 한 세월 흘러가도록

그냥 이대로 내버려 두세요, 네?

83. 꽃의 기다림

꽃에 기다림이 살았습니다
요정처럼 작고 어렸지만
간절함의 기도는
그 어떤 것보다 더 강렬했습니다
그것은 작열하듯 붉디붉게
때로는 샛노랗게 때로는 높다랗게
알라꿍달라꿍 꿈을 토해냈습니다
천상의 햇살 비늘을 달고
씽긋뻥긋 찬란히 빛났습니다
타락한 열정과 욕망까지도
빛나는 詩로 승화시켜 놓았습니다
그러던 중, 꿈을 깬 새벽녘
그리움의 절망이 해일처럼 밀려와
한순간에 시르죽이 지게 만들었습니다
이제는 체취만이 여운처럼 남아
유리상자 안에서 응급 치료를 받고 있습니다
가시 박힌 시간이 빠르게 흐를수록
주름살 투성이인 회한을 뒤집어쓴 채
추억의 해진 갈피 속으로
그림자처럼 잦아들고 있습니다.

84. 만남 저편

거기 강둑에
한참 서 있었다

매번 여름마다
범람하는 그곳

내 추억도
내 사랑도
늘 불안했었지

쉽사리 안주할 수 없고
그렇다고
떠나버릴 수도 없는 현실

외로움 안고
무작정 기다릴 수도 없는
운명의 나루터
강둑을 걷고 또 걷고

해와 달이 수없이 떴다 지고
나이는 자꾸 차고 또 차고

오늘만큼은
서두르지 않고
거기 강둑을 거닐었다

아무 생각 없이
아무 기도 없이
마냥 침묵을 지키며

다시는 울부짖지 않으려
발걸음에 찬바람 붙지 않게
강을 향해 서 있었다

가슴속 노래가 다 마를 때까지
추억의 잔등이 축 늘어질 때까지
어스름 속에서 그림자 다 지워질 때까지

되도록 움직이지 않고
숨결조차 짓눌려 죽인 채
거기 그대로 서 있었다.

85. 호수

가끔 차를 세워 놓고
호수 안쪽으로 향한다

간이의자를 들고
비밀의 공간으로 걸어 들어간다

거긴
늘 백조의 대화가 있다

그들의 담소 속에는
고요의 의미가 담겨 있다

결코 서두르지 않는
여백이 눈길을 끈다

아무 말이 없어도
소통은 지속된다

산 아래

골짜기 끝이라서 그럴까

우선 해맑아 좋고
투명해서 두렵지 않다

할 말을 다해도
물고기들이 탓하지 않는다

바람결도 쉬어 가고
사색도 모처럼 졸다 간다

잠시 후
호수를 떠날 때

어느새 호수는
내 안에 들어와 같이 걷는다.

86. 싶다

일중독에서 벗어나
멍하니 지내도 좋은
그런 세상에서 살고 싶다

관계의 아픔에서
멀리 떨어져
한가로이 들꽃의 흔들거림
거기에 시선을 두고
노을빛을 맞이하고 싶다

서걱이는 다리
윙윙거리는 귓속
신경쓰지 않고
무심히 오솔길 걷고 싶다

할 일이 하나도 없어도
심심하지 않고
슬프지도 않는
그 여백 속으로

무작정 떠나고 싶다

소음도 없고
질시도 없고
그저 새들의 지저귐만
소근대는 곳에서
한 사나흘씩 깊이
잠들고 싶다

세계관도 비젼도
무채색인 공간에서
진종일 리듬 타며
허밍으로 노래하고 싶다

향긋한 설렘만으로
찻잔을 들어올려
티끌 한 점 없이
환히 미소 짓는 그리움과
오랜만에 격렬히 포옹하고 싶다.

87. 이별

나는 한동안
이별이 무슨 뜻인지 몰랐다

이별은
두 별

한 별이 아니라
떨어져 있는 두 별

그게 이별이라는 걸
이제서야 알았다

흔히들 서로 사랑하냐고
힐난하듯 묻는다

현란한 괴변을
거침없이 늘어놓으면서

이상하게도 그 속에는
감동이 없다

가슴 찡하게 때리는 건
다름아닌 이 한마디

세상 무슨 일이 있을지라도
우린 함께했노라

그 어떤 변명 속에서도
우린 함께했노라

무려 20여 년, 아니 그 이상을
한결같이 함께했노라

이 한마디가
어찌 그리 어렵단 말인가

사랑은 진짜 사랑은
영원히 함께하는 것

그렇지 않나,
사랑아?

두 별이 아니라
한 별 한 몸.

88. 담소

한가롭게
봄 동산 위로
대화의 나비들이 난다

각자의 색깔과
독특한 어조로
파닥이는 물고기가 된다

깊숙이 박혀 있던
내밀한 고백도
피어올라 뻐끔거린다

한바탕 휩쓸고 가는
박장대소가
추억의 앙금까지
창 너머로 날려 버린다

차향도 덩달아
신바람 나서

입술과 입술 사이에서
나풀나풀 그네를 탄다

여백의 시간은
아예 발걸음을 멈추고
넋놓고 앉아 졸고 있다

어느 순간
가슴속 저 밑바닥에서
짓눌려 있던 첫사랑이
살며시 눈웃음으로 되살아난다.

89. 허무

아무리 발버둥쳐도
허공에서 뛰는 발바닥이
대지에 닿지 않아
허우적거린다

반복되는 무료함
지속되는 헛발질
끊임없는 허드렛일

이게 모아져
폭포수 되어 쏟아진다
커다란 빙벽 되어
하얀 빛으로 굳어진다

더이상 오를 수도 없고
더이상 내려갈 수도 없는
절망감

요즘

온 피부로 달라붙어
극도로 피곤하게 한다

온몸을 휩싸고 도는
열기가
따갱이 되어 떨어진다

분수처럼 분노로 치솟다가
철망 속으로 곤두박질치다가
아예 눈물 젖은 호소로
울부짖는다

가슴의 피는 보타져
이윽고
허공 속으로
가장 메마른 핏빛 눈길을
보낸다.

90. 알바

부지런히 뛴다
뭔가를 위해
하루종일 뛴다

실상은
하루 일당을 위해
목숨 건다

발걸음도 바쁘고
가슴도 바쁘고
다짐도 바쁘다

점심은 3시경
배고플 땐 뒤뜰로 나가
주인 몰래 간식을 먹는다

진상 손님이 있을 땐
땀 뻘뻘 흘리며
진화 작업에 애쓴다

하루가 끝나기 전에
발걸음이 풀려
힘이 없다

아무도 눈치채지 않게
걷지만
이내 절룩인다

퇴근길에
피곤이 확 밀려와
앞이 잘 안 보인다

귀가해서도
식탁에 앉지 못하고
침대에 누워 잠을 잔다

인생이 빙글 빙글 돌고
꿈속 하늘도 같이 돈다
하품까지도 따라 돈다.

91. 분노

왜 그랬을까
목소리가
어찌 그리 높았을까

아마도
인격체의 경계를 넘어
차마 가지 말아야 할
철책선을 뛰어넘은
탓은 아닐까

갑자기 힘이 빠지고
가슴속마저 텅 비어 버려
숨조차 쉬기 어렵고

눈물조차 말라 버려
끼익끽 소리만 내는
목울대의 떨림

어째서

다리마저 주저앉고만 싶을까
머리카락 한 올까지
치솟아 나풀거리고

허무까지 무너져
마음 동산을
마구 짓누르고 있다

집앞까지 와서도
선뜻 대문 안으로
들어서지 못한 채
꺼억꺽 피울음만
터뜨리고 있다.

92. 외로움

버럭 화를 낸 뒤
찾아오는
지독한 슬픔의 진액

수없이 자책하는
시간의 도끼로
가슴을 찍어 내린다

분노의 대상보다는
응대하는 자아에게
화살을 돌린다

무릎 끓는 상념이
자꾸 반발하며
짠내를 내뿜는다

우주를 한 바퀴
돌아온 듯한 한숨
목줄까지 쥐어짠다

몇 걸음 걸어 보지만
휑한 허공만
깔깔대며 짓누른다

그 어디에도
출구가 보이지 않고
코맹맹이 소리만 들려온다

빠져 나갈 곳 없어
늪에 잠기는 순간
허전한 바람이 분다

한밤중이 되어서야
겨우 일으켜 세운 허리마저
시리디시리다.

93. 경구

날파리의 속삭임보다
더 낮게 날아와
가슴속 허무 틈으로
날카롭게 박힌다

미처 자라지 못한 겸손이
문틈으로 내다보며
마음 조린다

피부병처럼 번진 욕망이
자꾸 눈 흘기며
긁던 자리 또 긁어
핏자국을 남긴다

아리고 시릴 때마다
참새 소리 들려와
첫 눈발을 날리고 간다

아무도 없는 곳에

고즈넉이 엎드려
달의 숨소리를 듣는다

자다 깨서
창 너머 별빛들의 소란을
정리해 둔다

쥐어짠 영혼 속
지극히 응축된 한마디
오늘도 뒷통수를
휘갈긴다

어디까지가 교양이고
어디까지가 실존인가
또다시 멍하다.

94. 들을 귀

듣는다는 건
피곤한 일이다

어르신의 충고와
과거담은
좀처럼 끊이질 않는다

이따금 걸려와
인생 상담하는 소리는
거의 넋 잃은 외침에 가깝다

바닷가를 혼자 걸으며
떠안게 된 여러 속삭임
일부는 가슴속에 쌓이고 쌓여
터질 듯 배부르다

구걸하는 것처럼
길바닥에 앉아
서로 경구를 주고받는다

하늘의 뜻도
꽃향기 속에서 터득해
밭갈기 하며
이랴 이랴 재촉하고 싶다

차라리
언덕배기에 홀로 앉아
디오게네스가 되어
산야의 하소연들은
모조리 삼켜 버리고 싶다.

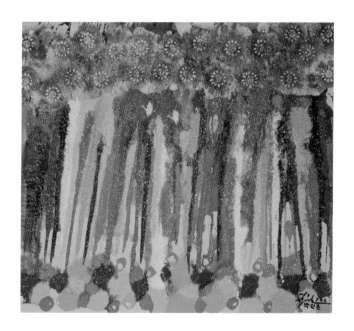

95. 바닷가란 놈

너는 덩치만 컸지
도대체
무슨 재주가 있단 말인가

갯바위에 추억 붙들어 두고
자꾸 나를 불러
모욕을 주려는 속셈이 뭔가

뱃고동 소리 들려올 때
왜 우리가 거기
포옹한 채 오래도록 서 있었을까

팔 뻗어 하늘로 올라간
두 손으로
왜 그토록 선 곱게 춤을 췄을까

갈매기 소린지 파도 소린지
어쩌면 바람 소린지도 모를
그 신음소리는 왜 뱉었을까

파도의 흰 거품만 주위를 맴돌 뿐
솔바람도 가던 길 멈추고
왜 그 자리에 오래도록 서 있었을까

쭉 내뻗은 열정의
내밀한 속삭임은
어디서 내려온 폭포 소리였을까

왜 그토록
침묵의 입술은 촉촉이 젖어
내리쏘는 별빛만을 탓했을까

딱 좋은 그때
왜 기도의 화살을 쏘아 올려
신의 분노를 이끌어냈을까

곡선의 합일이 꿈틀거릴 때
모래톱의 따스함과
비취솔의 흐느낌은
왜 숨을 멈추고 노려봤을까

수십 년이 흘렀어도

여전히 감미로운 수평선 위로
뻗어가는 그 아스라한 향기는
왜 아직도 그대로일까.

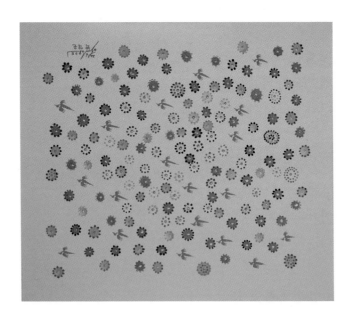

96. 아프다

눈발이 날리는데
당신은
거기 그 벤치에
앉아 있었다

다리가 마비됐다며
움직이지 못한 채
하늘만 쳐다보고 있었다

그냥 지나칠 수 없어
칼바람 속에서
함께했다

지하철까지
부축해 주며 따라가
긴 계단을 걸어
지하 깊숙이 몸 담궜다

지하철이 떠나고

다시 올라가는 계단이
천리 만리 되는 듯했다

지하철에서 내려
집까지 제대로 갈 수 있을까
도중에 주저앉지는 않을까

아니면
정지된 세월처럼
굳어 버린 망부석처럼
허공에 눈길 머문 채
마냥 서 있지는 않을까

귀갓길 내내
마음이 아프다
그도 아프고
나도 아프다

부엌에서
된장찌개 끓이는 동안에도
좀처럼 걱정이
가라앉지 않는다

어디선지
울음이 밀려와
천장으로 솟구치다
시르죽이 식탁 위로 드러눕는다.

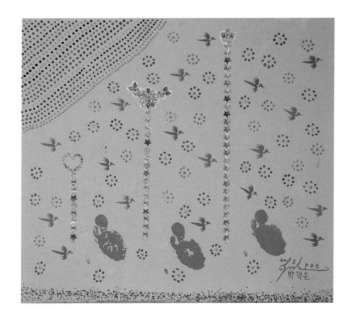

97. 죄송 많으십니다

늘 그랬다
가슴팍이
씁쓸하고 허전했다

일어서도
앉아도
누워 있어도

미래의 끈이 없어
시르죽이
풀이 죽어 있었다

한때는
생기 도는 열정으로
세상을 풍요롭게
바라보기도 했다

의자 바닥이
오늘따라

유달리 차갑다

추억들마다
죄송하다 소리친다
무더기로

아쉬움인지
미련인지
질책인지

아직도 모르겠다
그 뜻이 뭔지
그 길이 뭔지

그리움 속에도
길이 있을까
피눈물로 얼룩진
길이 있을까

다시 들려오는
소리 소리
죄송 많으십니다
죄송 많으십니다.

98. 소포 반송

설렘을 곱게 접어
상자 안에
모두 넣고 봉한다

할 말도 아낀 채
다독이고 다독이다
우체국에서
이별을 고한다

그리움까지
접수 창고에 내려놓고
쓸쓸한 발걸음으로
돌아온다

하늘과 바다와
바람 소리 모아
마음속으로 초대하여
한바탕 연회를 베푼다

받아든 기쁨과
놀라움을 한데 모아
행복의 골짜기 만들어
계곡물을 흘려 보낸다

간혹 폭포수가
가로막고 짖어대며
자존심마저 짓뭉개 버리지만

소식 물고 올
봄햇살
조바심으로 기다리며
하루 하루 보낸다

어느 날
밀어닥친 밀물
다시 돌아온 세월

믿기지 않아
몇 번이나 반복하여
확인해 본다

다시 돌아와
품에 안기는 불청객
허탈의 품에서
발버둥친다

한밤중에도
꿈속에서 무거운 짐을 지고
사방팔방 쏘다니며
울부짖는다.

99. 그리움

외로움으로 부르튼
발바닥을 내려놓고
한참이나
천장을 바라보고 있다

하루 만 보를 걸으라 했는데
수술 후에는 더더욱
운동량을 확보하라 했는데

밥만 먹으면 누워
질펀히 자고 싶으니
어쩐담

목 뒤로
자꾸 스멀스멀
고독이 기어오르고

썰렁한 겨울바람은
문풍지를 울리고

대숲으로 사라져 간다

마루 밑으로
길고양이 스며들어
깡마른 외마디 질질 흘리다
담장 위로 뛰쳐나간다

희멀건 눈발이
어스름 속에서 서성이다
야릇한 내음 남긴 채
바닥으로 스며든다

가슴 저 밑바닥에서
휘몰려 솟구치던
울컥함이
또다시 비굴해져 돌아선다.

100. 달리고 싶다

산자락에 은거한 지
7년째
어느 날 문득
포옹이 그리워졌다

누군가를 한 번
껴안아 보고 싶었다
개울물 소리 바람 소리
그런 것 말고 엄마 젖내음 같은
포옹을 하고 싶었다

킁킁
오솔길을 거닐며
냄새를 맡아도
향긋한 포옹의 그건
아니었다

초승달이 떠 있는
하늘을 쳐다봐도

그 누가
답을 주지 않았다

한밤중이 되어서야
달리고 싶다는
생각이 들었다

산자락을 벗어나
한길까지 내려가
호수 한 바퀴 돌고
마을 정자까지 다녀왔다

노루 한 마리가
나보다 앞서
산책을 마치고
큰 도로로 내달려 나갔다

안 돼,
거긴 안 돼
로드킬도 몰라?

소리 질러댔지만

노루는 뒤를 한 번 슬쩍 돌아볼 뿐
무작정 앞으로 뛰쳐나갔다

다시 산자락으로 향한
내 발걸음이 내내 무거웠다

노루는 무사할까
내 여생도 무사할까

내일은 어쩌나
마음속은 궁시렁거렸다
나도 달리고 싶다고.

박덕은 약력

· 대한민국 전남 화순 출생
· 전북대학교 문학박사
· 전) 전남대학교 인문대학 교수
· 전) 전남대학교 국어국문학과장
· 현) 법인단체 노벨재단 이사장
· 현) 대한시협 부회장
· 현) 한실문예창작 지도 교수
· 현) 새한일보 논설위원
· 현) 서울일보 기자
· 시인
· 소설가
· 문학평론가
· 희곡작가
· 동화작가
· 수필가
· 시조시인
· 동시인

사진작가
· 사진작품 전시회 2회
· 제1회 한국예술문화대전 사진 대상 수상
· 제42회 대한민국 현대 미술대전 사진 금상 수상
· 제24회 대한민국 현대미술대전 사진 특선 수상
· 제41회 현대 미술대전 사진 특선 수상
· 제1회 국민행복 사진대전 대상 수상
· 제1회 한강 사진대전 대상 수상
· 사진 작가상 수상

화가
· 박덕은 서양화 개인전 6회
· 박덕은 서양화 초대전 3회
· 박덕은 서양화 단체전 50회
· 서울 인사동 인사아트프라자 갤러리 개인전
· 남촌미술관 박덕은 서양화 초대전
· 정읍시 박덕은 교수 서양화 초대전
· 광주 패밀리스포츠파크 갤러리 박덕은 서양화 초대전
· 한국노동문화예술협회 초대작가
· 대한민국유명작가전 초대작가
· 대한민국문화예술인총연합회 추천작가

· 제9회 대한민국예술대전 대상 수상
· 제33회 한국노동문화예술제 미술대전 대상 수상
· 제22회 올해의 작가 초대전 대상(한국예총상) 수상

· 제17회 국제종합예술대전 대상 수상
· 제48회 L.A. 페스티벌 미술대전 대상 수상
· 제32회 국제현대미술 우수작가전 대상 수상
· 한강 문화예술대전 대상(미술 훈장) 수상
· 제9회 한국창작문화예술대전 대상 수상
· 2021 국민행복 미술대전 대상 수상
· 2020 제주국제미술관 유채꽃 미술대전 대상 수상
· 2022 여울 미술대전 대상 수상
· 2022 소망나비 미술대전 대상 수상
· 2022 대동강 미술대전 대상 수상
· 제17회 국제종합예술대전 금상 수상
· 2021 대한민국 한석봉 미술대전 금상 수상
· 제10회 국제기로 미술대전 양양화 금상 수상
· 제6회 무궁화서화대전 서양화 금상 수상
· 제5회 무궁화 서화대전 서양화 금상 수상
· 제17회 국제종합예술대전 우수상 수상
· 제17회 국제종합예술대전 특선 수상
· 제46회 충청북도 미술대전 서양화 수상
· 2021 대한민국 한석봉 미술대전 은상 수상
· 제17회 평화미술대전 서양화 입상
· 제53회 전라북도 미술대전 서양화 특선 수상
· 제14회 대한민국낙동예술대전 서양화 특선 수상
· 제14회 대한민국낙동예술대전 서양화 입상
· 제9회 한국창작문화예술대전 서양화 특선 수상
· 2021 대한민국 나비미술대전 한국예총상 수상
· 제12회 3·15 미술대전 서양화 입상
· 2021 대한민국 생활미술대전 서양화 특별상 수상
· 2021 대한민국 생활미술대전 서양화 입상
· 제6회 무궁화서화대전 서양화 특선 수상
· 제19회 대한민국 회화대상전 서양화 특별상 수상
· 제19회 대한민국회화대상전 서양화 특선 수상
· 제41회 국제현대미술대전 서양화 동상 수상
· 제41회 국제현대미술대전 서양화 입상
· 제13회 국제친환경현대미술대전 서양화 특선 수상
· 제13회 국제친환경현대미술대전 서양화 입상
· 제38회 대한민국신미술대전 서양화 특선 수상
· 제56회 인천 미술대전 서양화 입상
· 2020 음성 명작페스티벌 회화 동상 수상
· 제1회 청송야송 미술대전 서양화 특선 수상
· 제16회 온고을 미술대전 서양화 특선 수상
· 제41회 현대 미술대전 비구상 입상
· 제1회 청송야송 미술대전 서양화 특선 수상
· 제13회 힐링 미술대전 서양화 입상
· 제52회 전라북도 미술대전 서양화 특선 수상
· 제6회 모던아트 대상전 서양화 특선 수상
· 제5회 무궁화 서화대전 서양화 동상 수상
· 제5회 무궁화 서화대전 서양화 특선 수상
· 제8회 아트챌린저 서양화 특선 수상
· 제30회 어등 미술대전 서양화 입상

· 제48회 강원 미술대전 서양화 특선 수상
· 제48회 강원 미술대전 서양화 입상
· 제36회 무등 미술대전 서양화 입상
· 제24회 관악 현대미술대전 서양화 입상
· 2020 예끼마을 미술대전 서양화 입상
· 제1회 천성 문화예술대전 서양화 특선 수상
· 제1회 천성 문화예술대전 서양화 입상

· 한국시연구회 이사
· 《한국아동문학》 동화분과위원장
· 《녹색문단》 이사
· 《문학사랑신문》 고문
· 한국노벨재단 이사
· 서울예술상 문학 대상 수상
· 대중문화예술 대상 수상
· 미술작가상 수상
· 사랑비 미술 대상 수상
· 예술 훈장상 수상
· 공로 훈장상 수상
· 문화 훈장상 수상
· 출판 훈장상 수상
· 미술 훈장상 수상
· 문학 훈장상 수상
· 수필 훈장상 수상
· 국민 공로상 수상
· 세계 평화상 수상
· 사회 봉사상 수상
· 무궁화 훈장상 수상
· 전시 훈장상 수상
· 문학평론 훈장상 수상
· 한국문학지도자 훈장상 수상
· 번역 훈장상 수상
· 8·15 예술대상 수상
· 서울평화문화대상
· 재능나눔공헌 대상 수상
· 서울특별시의원 의장상 수상
· 광주문인협회 특별공로상 수상
· 광주시인협회 공로상 수상
· 광주광역시장 공로 표창장 수상
· 뉴스투데이(2010년 5월호) 커버스토리
· 위대한 대한민국인(2020년 10월호) 커버스토리
· 전국 박덕은 백일장 개최

· 부드런 문학회 지도 교수
· 향그런 문학회 지도 교수
· 방그레 문학회 지도 교수
· 푸르른 문학회 지도 교수
· 탐스런 문학회 지도 교수
· 싱그런 문학회 지도 교수

· 성스런 문학회 지도 교수
· 둥그런 문학회 지도 교수
· 온스런 문학회 지도 교수
· 포시런 문학회 지도 교수
· 꽃스런 문학회 지도 교수
· 꿈스런 문학회 지도 교수
· 예스런 문학회 지도 교수
· 정스런 문학회 지도 교수
· 씨밀레 문학회 지도 교수
· 바로 문학회 지도 교수

· 중앙일보 신춘문예 문학평론 당선
· 전남일보(現·광주일보) 신춘문예 동화 당선
· 새한일보 신춘문예 시 당선
· 동양문학 신춘문예 시 당선
· 김해일보 시민문예 남명문학상 시 당선(제1회)
· 창조문학신문 신춘문예 성시 당선
· 사이버 중랑 신춘문예 시 당선
· 경북일보 호미 문학상 수필 당선
· 《시문학》 시 추천 완료
· 《문학공간》 소설 추천신인상 수상
· 《문학세계》 희곡 신인문학상 수상
· 《아동문예》 소년소설 신인문학상
· 《문예사조》 수필 신인문학상 수상
· 《시와 시인》 시조 청학신인상 수상
· 《아동문학평론》 동시 신인문학상
· 《아동문학》 동시 신인문학상 수상
· 《문학공간》 본상(장편소설) 수상
· 위대한 대한민국 국민대상(문학발전부문) 수상
· 대한민국 창작집 출판 대상 수상
· 김현승 문학상 수상
· 항공 문학상 우수상(시) 수상
· 여수해양 문학상(시) 수상
· 문학세계 문학상 대상(동화) 수상
· 타고르 문학상 작품상(시) 수상
· 타고르 문학상 대상(문학평론) 수상
· 윤동주 문학상 대상(문학평론) 수상
· 윤동주 문학상 우수상(시) 수상
· 모산문학상 대상(시) 수상
· 대한시협 문학상 대상(수필) 수상
· 시인마을 문학상 대상(시) 수상
· 문화예술 대상 수상
· 2023 한국노동문화국제예술제 아름다운 문학대상 수상
· 제2회 빛고을 문학상 수상
· 문학사랑 문학상 대상(시) 수상
· 한하운 문학상(시) 수상(제1회)
· 계몽사 아동문학상(동시) 수상
· 사하 모래톱 문학상(수필) 수상

· 한국문예 문학상(시) 수상(제1회)
· 한국아동문화상(동시) 수상
· 한국아동문예상(동화) 수상
· 오은 문학상 특별 문학 대상(시) 수상
· 큰여수신문 문학상 특별 대상(시) 수상
· 광복절 문학상 대상(시) 수상
· 제헌절 문학상 대상(시) 수상
· 아동문예작가상(동시) 수상
· 광주문학상 수상(제1회)
· 전라남도 문화상 수상(제35회)
· 노계 문학상 이사장상(시) 수상
· 생활문예대상(수필) 수상
· 한양 도성 문학상(시) 수상
· 지구사랑 문학상(시) 수상
· 한화생명 문학상(시) 수상
· 경기 수필 문학상(수필) 수상
· 우리숲 이야기 문학상(수필) 수상
· 부산진 시장 문학상(시) 수상
· 이준 열사 문학상(시) 수상
· 안정복 문학상 은상(시) 수상(제1회)
· 커피 문학상 금상(시) 수상
· 독도 문학상(시) 수상
· 백두산 문학상(시) 수상
· 한라산 문학상(시) 수상
· 금강산 문학상(시) 수상
· 연해주 문학상(시) 수상
· 대동강 문학상(시) 수상
· 진달래 문학상 시 대상 수상
· 한민족문예제전 최우수상(시) 수상
· 공주 시립도서관 문학상(시) 수상
· 아리 문학상(수필) 수상
· 인문학 문학상(수필) 수상
· E마트 문학상(수필) 수상
· 샘터 시조 문학상(시조) 수상
· 이야기 문학상(수필) 수상
· 부산문화글판 공모전 수상
· 정읍 문학상(시) 수상
· 효 문화 콘텐츠 문학상 우수상(시) 수상
· 삼행시 문학상 은상(시) 수상(제1회)
· 샘터 수필 문학상(수필) 수상
· 대한민국 수필대전 대상 수상
· 한강 문학상 대상 수상
· 한강 거리전시 시비 대상 수상
· 한강 문학상 문학평론 대상 수상
· 겨울눈꽃 문학상 수상
· 하늘꽃 문학상 수상
· 대한민국 창작대전 시화 대상 수상
· 대한민국 창작대전 수필 대상 수상
· 이병주 하동 디카시 국제 문학상 수상(제1회)

· 경남 고성 디카시 문학상 수상(제1회)
· 서울 디카시 문학상 수상(제1회)
· 현대시문학상 디카시 문학상 수상(제1회)
· 사랑비 디카시 문학상 대상 수상(제1회)
· 《문학공간》 디카시 문학상 대상 수상(제1회)
· 오은문학 디카시 문학상 대상 수상(제1회)
· 봉평 디카시 대전 대상 수상(제1회)
· 철쭉꽃 문학상 디카시 대상 수상(제1회)
· 소망나비 디카시대전 대상 수상(제1회)
· 대동강 디카시대전 대상 수상(제1회)
· 대한민국 창작대전 디카시 문학상 대상 수상
· 치유 문학상 디카시 최우수상 수상
· 산해정 문학상 디카시 베스트상 수상
· 디카시 훈장상 수상(제1회)
· 윤동주별문학상(시) 수상
· 사육신 문학상(시) 수상
· 삼보 문학상(시) 수상
· 황금펜 문학상(시) 수상
· 한미 문학상(시) 수상
· 황금찬 문학상(시) 수상
· 유관순 문학상(시) 수상
· 시조 문학상(시조) 수상
· 한강 문학상(시) 수상
· 청계 문학상(시) 수상
· 세종문예 문학상(시) 수상
· 남명문화제 시화문학상(제3회) 국회의원상 수상
· 시인이 되다 빛창 문학상(시) 수상
· 제헌절 삼행시 대상(삼행시) 수상
· 국민행복여울 문학상 금상 (삼행시) 수상
· 전국 기록사랑 백일장 금상(시) 수상
· 전국 상록수 백일장 장원(시) 수상
· 전국 김영랑 백일장 대상(시) 수상
· 전국 밀양아리랑 백일장 장원(시) 수상
· 전국 김소월 백일장 준장원(시) 수상
· 전국 박용철 백일장 특선(시) 수상
· 전국 박용철 백일장 특선(수필) 수상
· 전국 영산강 백일장 우수상(시) 수상
· 전국 서래섬배 (시) 수상
· 전국 평택사랑 백일장(시) 수상
· 전국 만해 한용운 백일장(시) 수상
· 전국 이효석 백일장(수필) 수상
· 전국 한강 백일장 장원(시) 수상
· 전국 미당 서정주 백일장(시) 수상
· 글나라 백일장 우수상(수필) 수상
· 문학이론서 『현대시창작법』 등 12권, 시집 『당
  신』 등 27권, 수필집 『창문을 읽다』 등 4권, 소
  설집 『황진이의 고독』 등 7권, 아동문학서 『살
  아 있는 그림』 등 11권, 번역서 『소설의 이론』
  등 5권, 건강서 『미네랄과 비타민』 등 5권, 교양

서 『세계를 빛낸 사람들』 등 59권, 총 저서 125
권 발간

★박덕은의 저서

* 박덕은 문학 이론서
제1문학이론서 『현대시창작법』
제2문학이론서 『현대 소설의 이론』
제3문학이론서 『문학연구방법론』
제4문학이론서 『소설의 이론』
제5문학이론서 『현대문학비평의 이론과 응용』
제6문학이론서 『문체론』
제7문학이론서 『문체의 이론과 한국현대소설』
제8문학이론서 『한국현대소설의 이론과 적용』
제9문학이론서 『시의 이론과 창작』
제10문학이론서 『해금작가작품론』
제11문학이론서 『시인 신석정 연구』
제12문학이론서 『시 속에 흐르는 광주 정신』

* 박덕은 시집
제1시집 『바람은 시간을 털어낸다』
제2시집 『거시기』
제3시집 『무지개 학교』
제4시집 『케노시스』
제5시집 『길트기』
제6시집 『갇힘의 비밀』
제7시집 『소낙비 오는 정오에』
제8시집 『자유人.사랑人』
제9시집 『나찾기』
제10시집 『지푸라기』
제11시집 『동심이 흐르는 강』
제12시집 『자그만 숲의 사랑 이야기』
제13시집 『사랑한다는 것은』
제14시집 『느낌표가 머무는 공간』
제15시집 『그대에게 소중한 사랑이 되어·1』
제16시집 『그대에게 소중한 사랑이 되어·2』
제17시집 『둥지 높은 그리움』
제18시집 『곶감 말리기』
제19시집 『사랑의 블랙홀』
제20시집 『나는 그대에게 늘 설레임이고 싶다』
제21시집 『내 가슴이 사고 쳤나 봐』
제22시집 『당신』
제23시집 『나는 매일 밤 바람과 함께 사라진다』
제24시집 『Happy Imagery』
제25시집 『독도』
제26시집 『당신의 저녁이 되고픈 날』
제27시집 『박덕은 시선집 ; 사랑의 힘』

* 박덕은 수필집
제1수필집 『창문을 읽다』
제2수필집 『Read a window』
제3수필집 『5·18』
제4수집필 『바닥의 힘』

* 박덕은 소설집
제1소설집 『죽음의 키스』
제2소설집 『양귀비의 고백』(풍류여인열전·1)
제3소설집 『황진이의 고독』(풍류여인열전·2)
제4소설집 『일타홍의 계절』(풍류여인열전·3)
제5소설집 『이매창의 사랑일기』(풍류여인열전·4)
제6소설집 『서울아라비안나이트』
제7소설집 『금지된 선택』

* 박덕은 번역서
제1번역서 『소설의 이론』
제2번역서 『철학의 향기』
제3번역서 『사랑하는 사람 가슴에 심어주고픈 말』
제4번역서 『철학자의 터진 옷소매』
제5번역서 『세계 반란사』

* 박덕은 아동문학서
제1아동문학서 『살아있는 그림』
제2아동문학서 『3001년』
제3아동문학서 『무지개학교』
제4아동문학서 『동심이 흐르는 강』
제5아동문학서 『곶감 말리기』
제6아동문학서 『서울 걸리버 여행기』
제7아동문학서 『돼지의 일기』
제8아동문학서 『해외 신화』
제9아동문학서 『마녀 헤르소의 모험』(상)
제10아동문학서 『마녀 헤르소의 모험』(하)
제11아동문학서 『들개의 길』

* 박덕은 교양서
제1교양서 『해학의 강』
제2교양서 『바보 성자』
제3교양서 『미네르바의 부엉이는 황혼녘에 날은다』
제4교양서 『멋진 여자, 멋진 남자』
제5교양서 『우화 천국』
제6교양서 『나만 불행한 게 아니로군요』
제7교양서 『나만 행복한 게 아니로군요』
제8교양서 『나만 어리석은 게 아니로군요』
제9교양서 『행복한 바보 성자』
제10교양서 『느낌이 있는 꽃』
제11교양서 『흔들림이 있는 나무』
제12교양서 『사랑하는 사람 가슴에 심어주고픈 말』
제13교양서 『철학의 향기』

제14교양서 『철학가의 터진 옷소매』
제15교양서 『창녀에서 수녀까지, 건달에서 황제까지』
제16교양서 『무희에서 스타까지, 게이에서 성자까지』
제17교양서 『사랑의 향기』
제18교양서 『황제방중술』
제19교양서 『우리 역사의 난』
제20교양서 『명작 속 명작』
제21교양서 『쉽고 재미있는 철학 이야기』(1)
제22교양서 『쉽고 재미있는 철학 이야기』(2)
제23교양서 『쉽고 재미있는 철학 이야기』(3)
제24교양서 『역사 속 역사』
제25교양서 『세계 반란사』
제26교양서 『한국 반란사』
제27교양서 『행복을 위한 작은 책』
제28교양서 『세계 명사들의 러브 스토리』
제29교양서 『나의 가장 소중한 사람에게』
제30교양서 『세계를 빛낸 과학자』
제31교양서 『세계를 빛낸 정치가』
제32교양서 『세계를 빛낸 명장』
제33교양서 『세계를 빛낸 탐험가』
제34교양서 『세계를 빛낸 미술가』
제35교양서 『세계를 빛낸 음악가』
제36교양서 『세계를 빛낸 문학가』
제37교양서 『세계를 빛낸 철학가』
제38교양서 『세계를 빛낸 사상가』
제39교양서 『세계를 빛낸 공연가』
제40교양서 『해외 신화』
제41교양서 『읽으면 행복한 책』
제42교양서 『세기의 로맨스·1』
제43교양서 『세기의 로맨스·2』
제44교양서 『세기의 로맨스·3』
제45교양서 『세기의 로맨스·4』
제46교양서 『우리 명작 소설 50선』
제47교양서 『세계를 움직이는 명작 소설 50선』
제48교양서 『이솝 우화』(공저)
제49교양서 『나는 화려한 물음표보다 정직한 느낌
표를 만드는 사람이 더 좋다』
제50교양서 『신은 우리의 키스 속에도 있다』
제51교양서 『대학가의 해학퀴즈 모음집』
제52교양서 『뽕따일보』
제53교양서 『도토리 서 말』
제54교양서 『위트』
제55교양서 『청춘이여 생각하라』
제56교양서 『성공 DNA』 제1권
제57교양서 『성공 DNA』 제2권
제58교양서 『마음을 비우는 지혜』
제59교양서 『신은 우리 키스 속에도 있다』

* 박덕은 건강서

제1건강서 『내 몸에 꼭 맞는 영양 가이드』
제2건강서 『비타민과 미네랄, & 떠오르는 영양소』
제3건강서 『내 몸에 꼭 맞는 다이어트-제1권 비만
원인』
제4건강서 『내 몸에 꼭 맞는 다이어트-제2권 비만
탈출』
제5건강서 『내 몸에 꼭 맞는 항암 식품』

• 이상 총 저서 125권